咎喰みの祓魔師

深川我無

目次

序幕

ぬっとん……ぬっとん……

湿り気を帯びた音に混じって、啜《すす》り泣くような声が聞こえた気がした。

ギッ……ギッ……ギィッ……

耳障りな音を立てる階段を、少年はできる限り音を立てぬように下りながら先程聞こえた声のことをぼんやりと考えていた。

階段を降りた先、廊下の奥の台所から微《かす》かに漏れる明かりを頼りに、少年は息を殺して静かに便所へと向かう。

「あはは……!!　マジだって！　本当だってば……ほら……感じるでしょ？　つ・ま・さ・き」

深夜の台所からは母親の上機嫌な声が聞こえてくる。廊下に散らばったゴミ袋を避《よ》けながら、少年はなおも息を殺して歩いていた。

台所の母親に気付かれぬようにそっと便所の扉を開けると、窓から差す青白い月の光と汲取《くみとり》式《しき》便所のきつい臭いが少年を出迎える。

月明かりに照らされた便器の上には、首をもたげた一匹の蛆《うじ》が、ぺたりぺたりと這《は》い回っていた。

摘《つま》んで捨てようと手を伸ばすと蛆がこちらを向いて口を開く。

「気をつけろ小僧……今夜は月が青い……」

「ひっ……!?」

少年は思わず手を引っ込めた。

心臓がバクバクと音を立てる。

「後ろの正面だ……」

蛆にそう言われて咄嗟《とっさ》に後ろを振り向いたがそこには何もない。

少年が再び蛆のいた場所に視線を戻すとそこにもう蛆の姿は無かった。

不気味な出来事に総毛立っていると台所の方からくぐもった叫び声とガタガタと机が暴れる音がする。

「母さん……!?」

少年は飛び出すように便所を出て、母親がいるであろう台所へと走った。

すりガラスの引き戸を開けると、そこには目を疑う光景が広がっていた。

「あ……すえ……て……」

猿轡《さるぐつわ》越しに何かを伝えようとする見知らぬ男と目が合い少年は固まってしまう。

端正な顔立ちの若い男だった。

裸で机の上に縛られた男はめそめそと涙を流している。

ぬちゃ……

少年の素足にぬるりと生暖かいものが触れた。

視線を下げると机の下から流れた黒っぽい液体が引き戸の前で液溜《えきだ》まりを作っている。

もう一度顔を上げて見ると机の男には足が無かった。生暖かいそれの正体が薄闇のせいで黒く見えた血だと理解し、少年は身体《からだ》を強張《こわば》らせた。

「足があると逃げちゃうでしょ……？」

不意に隣から聞こえた声に少年は思わず腰を抜かす。

血溜まりに尻餅を付いて見上げると、満面の笑みを浮かべ、断面から白い骨を覗《のぞ》かせた男の足を摑《つか》んで立つ母親と目が合った。

「賢吾《けんご》くんは逃げないよね？」

そう言うと女は手に持った男の足をへし折り、骨からとろりと滴る髄液を音を立てて啜って見せた。

「そう言えば、晩ごはん食べてなかったよね？」

突然少年の目の前に屈《かが》んで微笑《ほほえ》む母親に、少年はビクリと身体を震わせる。

そんな少年の目を覗き込む女の目は美しい弧を描いていたが、瞳の奥では冷ややかに少年の反応を探っているようだった。

「今作るから……手伝って？」

そう言って女は少年の手を取ると机に拘束された男の前に連れて行く。

「ここから包丁を入れるのよ？　食べる分だけ切り取るの。賢吾くん……押さえてて？」

その時、再び少年と男の目が合った。

猿轡を噛《か》まされた男が、涙を流しながら縋《すが》るように首を左右に振る。

その姿に少年が身動き出来ずにいると、耳元で女の囁《ささや》く声がした。

「早く……」

少年の震える手が男の腕を掴んだ。

激しく身体をのたうって抵抗する男を押さえつけるのと裏腹に、少年の奥歯はガチガチと震えて言うことを聞かない。いつしか頬には涙が伝い、うぅ……うう……と低い唸《うな》り声《ごえ》をあげていた。

必死で獲物に食らいつく幼獣のような息子を母親は満足げに見つめると、手に握った包丁で男の二の腕の肉を削《そ》ぎ落とした。

同時に男は両の目を大きく見開き、その双眸《そうぼう》からは一層の涙が溢《あふ》れ出す。絶望と痛みに耐えかねて、男は猿轡で塞がれた咽頭の奥からくぐもった悲鳴を上げた。

「ああああああああああああああっ……」

犬塚賢吾《いぬづかけんご》は自身の叫び声で目を覚ました。

ぐっしょりと汗に濡《ぬ》れたシャツと荒れた呼吸。

無意識のうちに飛び起きた上半身から虚空に向けて縋るように伸ばされた手。

カーテンから漏れる不規則な陽光に照らされたその手は現実感が希薄でどこか覚束《おぼつか》ない。犬塚は呆然《ぼうぜん》とそれを眺めていたが、やがて大きく息を吐き伸ばしていた手で頭を掻《か》きむしる。

「くそが……」

幾度となく繰り返される遠い日の残像は色褪《いろあ》せることを知らないらしい。

犬塚は再びベッドに倒れ込むと、脂汗の滲《にじ》む顔を両手で覆う。

ピリリリリリ……ピリリリリリ……

ベッドの脇に置かれた腕時計型の携帯端末から呼び出し音が響いた。

犬塚はガバリと起き上がり迷わず端末に手を伸ばすと画面をタップする。

「おはよう賢吾くん……非番の朝に悪いね！　よく眠れたかい？」

端末越しに響く陽気な声に顔を顰《しか》めた犬塚がうんざりした様子で答えた。

「室長様のモーニングコールなんざ聞きたくねえんだよ……要件は……？」

「くくく……ほらね。やっぱり怒ったろ？」

どうやら側《そば》に誰かいるらしい。

暗に反応が見透かされていたことを告げる会話に眉を顰《ひそ》めつつ、犬塚は端末を睨《にら》みつける。

「切るぞ……」

そう言いながらもベッドから起き上がった犬塚はすでにシャツの袖に左手を通していた。

翻ったシャツから覗く背中には無数の痛々しい傷痕が残っている。その大半は随分前についたもののようで、真新しい傷痕は数えるほどしかない。

「すまないすまない。魔障の反応があった。だが場所が特定できない……」

「厄介な相手か……？」

犬塚は静かに目を細めた。

「いや。反応はそれほど強くない。どうやら現場近くで特公《とくこう》の連中が派手にやってるらしい……お陰で探知機が上手《うま》く機能していないようだ。君の鼻が頼りだよ。犠牲者が出る前に犯行を食い止めてくれ」

「わかった。場所を送ってくれ」

「もう送ってるよん」

わざとらしい軽口に顔を顰め、犬塚は腕に巻いた端末を確認する。

浮かび上がったホログラムに指定された場所はここから数キロの位置にあった。

「すぐに現場に向かう。切るぞ……」

「ああ!!　それともう一つ！　すでに現場に人を送ってるんだ！　その子と一緒に行動してくれ」

「ああ!?　なんで俺が？　聞いてねえぞ」

吠《ほ》える犬塚を無視して課長はカラカラと笑った。

「ははは!!　言ったって聞きやしないだろう？　期待の新人なんだ。よろしく頼むよ！　賢吾くん」

ブチっ……と小さな音が聞こえ通話が途切れた。

一方的に無言になった端末を見据えたまま犬塚は静かに吐き捨てる。

「くそが……」


厳重な検問の前に古めかしい黒のビートルが荒々しく停車し、警備に当たっていた警官たちの前に黒いスーツを身に纏《まと》った男が降り立った。

男はポケットに無造作に手を突き入れ、背中を丸めて検問へと向かう。スーツの上からでも分かるほど鍛え込まれた肢体と前髪の隙間から油断なく覗く鋭い眼光に、警官たちも思わず息を呑《の》んだ。

「極東聖教会魔障虐待対策室《ロスト・チャイルド》所属、ケースワーカーの犬塚だ。通してくれ」

真紅のロザリオを掲げる犬塚に警官の男が食って掛かった。

「ケースワーカーだぁ!?　こっちは特別公安様の事件で今それどころじゃ……!!」

「ま、まて……!!　あのロザリオは法王庁の……それに犬塚って言ったら……確か狂犬《イザベラ・タン》の

「……」

「ほ、法王庁？」

「ああ。祓魔師《エクソシスト》だ。通っていいか？」

二人の警官は小声で悪態を吐《つ》きながら渋々犬塚を通過させる。

犬塚が周囲を見渡しながら歩いていると、警官隊の仮設テントの中に自分のスーツとよく似た黒スーツ姿の女が腰掛けていた。

女と目が合い犬塚は咄嗟に顔を背けたが時すでに遅く、駆け寄ってきた女が犬塚の前に立ちはだかり頭を下げた。

「はじめまして！　犬塚さんですよね？　わたし、今日からバディを組ませていただきます辰《たつ》巳真白《みましろ》と申します!!　よろしくお願いします!!」

深々と頭を下げる真白から鬱陶しそうに目を逸《そ》らし、犬塚は無愛想に言う。

「先に言っとくが俺はバディを組むつもりは無い……」

犬塚はそこまで話すと上を見上げてクンクンと鼻を動かしてみせた。

突然の奇行と予想外の言葉に唖然《あぜん》としながら真白がそれを見ていると、犬塚は目を見開き小さな声で呟《つぶや》く。

「見つけた……」

「え……？」

獲物を見つけた猟犬のように突如目の色を変えた犬塚が、真白を置き去りに駆け出していく。真白は訳が分からないといった表情を浮かべながらも、太刀の入った布袋を両手で摑み、慌てて犬塚の後を追った。

「ちょ、ちょっと……！　犬塚さん！　何処《どこ》行くんですか!?」

「決まってるだろ馬鹿が。マルタイのとこだよ……」

「被虐待児童《マルタイ》の居場所が分かるんですか!?」

「ああ……臭いでわかる。悪魔《あくま》憑きから出る嫌な臭いでな……!!」

住宅街の迷路のような細い裏路地を抜けて、犬塚は一軒の民家の前で立ち止まると、ジャケットの陰に隠れたホルスターから緑青《ろくしょう》色のリボルバー《S&WM19》を抜き、弾倉を確認してからカーテンの隙間に目を凝らした。犬塚の持つリボルバーのグリップには見慣れぬ文字の美しい彫刻が施されており、それに気づいた真白は思わず声を上げる。

「そ、そのリボルバー……!!　まさかカリヨンですか!?」

「そうだ……コイツならどんな悪魔憑きにでも風穴を開けられる！」

「信じられません……奇蹟《きせき》の鐘で作られた国宝級の銃ですよ!?　神器指定されたそんなものをなんであなたが!?」

「ごちゃごちゃうるせえよ……今は中のガキが先決だろうが!?」

「そうですね……まず中の状況を確認しましょう。状況如何《いかん》によっては応援要請を。被虐待児童の安全を最優先に……!!」

犬塚は真白を一瞥《いちべつ》すると苦虫を噛み潰したような顔で言い放った。

「だから……ごちゃごちゃうるせぇってんだよ……!! 血の臭いがする……ガキが危ねえ……それに何度も言わせるな。お前とバディを組む気はねえ……!!」

そう吐き捨てるなり犬塚は玄関ポーチを音もなく駆け抜け、一階の窓から室内に転がり込んだ。

「ちょっと……!? 犬塚さん……!! 独断で先行しないでください……!!」

真白は慌てて犬塚の後を追った。窓から中に忍び込むと銃を構える犬塚と怯《おび》える少年の姿が目に飛び込んでくる。

「犬塚さん……!!」

真白が犬塚に駆け寄ると先程まで死角になっていた場所が開けて見えてきた。その光景を目の当たりにして思わず真白に緊張が走る。

死角の奥、少年の背後には、体中に長い釘《くぎ》が刺さった血まみれの男が立っていた。剝《む》き出《だ》しの上半身には床に転がっている釘で彫ったと見られる異国の文字がびっしりと刻まれている。おそらく神を呪う言葉であろう文字の羅列。

その中の一節に真白の目が留まった。

それはエレウシースの秘儀の中で唱えられる文言『Ἑκάς《ヘカス》, ἑκὰς《ヘカス》 ἔστε《エステ》, βέβηλοι《ベベーロイ》』訳して言えば〝不浄な者共よ遠ざかれ〟をもじった呪いの言葉。

『Κλείσε,《来たれ。》 κλείσε ἔστε,《来たれ。》 βέβηλοι《不浄な者共よ》』


釘男の頭にはぐるりと一周するように釘が打たれており、両目にも太い五寸釘が打ち付けられていた。流れた血は頬で固まり、まるで黒い涙のように見える。

釘で潰れた眼球が、破れた風船のようにびらびらと垂れ下がり、無いはずの眼《め》が真白を凝視した。その手には血で染まった釘だらけのバットが握られている。

呪いをびっしり刻みつけた異形の存在は見る者全ての心を不安にさせ、奥底に押しやったはずの恐怖を膿《う》んだ傷跡のようにジクジクと刺激する。

「ぼうず。良く頑張ったな。もう大丈夫だ」

身体を強張らせ冷や汗を流す真白を他所《よそ》に、犬塚は少年に優しく語りかけた。

真白が目をやると少年の手足は釘で床に磔《はりつけ》にされている。

釘男は人質の価値を理解しているようで、ニヤニヤと意地の悪い笑みを浮かべながらバットの先で少年の白い肌を撫でていたが、犬塚に視線を移すとその顔から笑みが消え、代わりに憎悪の炎を目に宿して唸るように口走った。

「祓魔師《エクソシスト》ども……我ら悪魔の同胞であり……裏切り者……!!」

犬塚は銃口を釘男に向けたまま微動だにしない。

「犬塚さん……作戦があります……」

真白が犬塚にだけ聞こえるように小声で囁いた。

「言ったはずだ。バディは組まない。助けも必要ない……ぼうず……俺がいいと言うまで目を閉じてろ？　できるか？」

少年は目に涙を浮かべながらコクコクと頷《うなず》いて目を閉じた。同時に目に溜まった涙が溢れてツゥ……と頬を伝う。

「このガキも……貴様たちも……釘で磔にして血を流し……ゆっくりと時間をかけながら……惨《むご》たらしく殺してやる……!!　貴様らの大好きなキリストと同じようにな……!!　こいつの魂も、血も、断末魔の最後の一息まで……!!　父親である俺のもんだ……!!」

黒い血液混じりの唾を撒《ま》き散らしながら喚《わめ》き散らす釘男をよそに、犬塚は銃の背を額に当てて、小さな祈りを天に放った。

「父子聖霊の御名《みな》によりて……我が弾丸をきよめ給《たま》え……」

犬塚は祈り終えると同時に銃口を真っ直《ます》ぐに男に向けて引き金を引いた。

タァアン……という乾いた銃声と共に放たれた銀の弾丸は釘男の額の釘に命中し、鋭い金属音が鳴り響く。

それは穢《けが》れを祓《はら》う聖堂の鐘《カリヨン》のように澄んだ音だった。

風穴からは黒い血が、鼓動に合わせて規則的に吹き出している。それを確認した犬塚の手から僅かに力が抜けた。

脳天を撃ち抜かれた釘男は犬塚の僅かな弛《ゆる》みを見て取ると、口元を歪《ゆが》めて嗤《わら》い、手にしたバットを少年めがけて振り上げた。

ぎゃはははははははははははははは……

人ならざる声が室内に響き渡る。

「くそが……!! 祈りが足りてねえ……!!」

犬塚が悪態を吐きながら二発目を放とうとした時だった。釘男の潰れた眼が大きく見開かれる。

先程まで犬塚の隣にいたはずの真白が目前に迫り刃《やいば》を解き放たんと柄《つか》を握っていた。真白は少年と釘男の間に滑り込むと同時に太刀を振り抜き、釘男の身体を一刀のもとに両断した。

「天に坐《ましま》す我らの父よ。願わくば御名を崇《あが》めさせ給え。御国《みくに》を来たらせ給え。御心《みこころ》の天に成る如《ごと》く地でも成させ給え。汝《なんじ》の仇敵《きゅうてき》、悪魔を討ち滅ぼし哀れな男に魂の安息を与え給え……アーメン」

真白は納刀するなり両膝を地につき、祈りを捧《ささ》げた。

男は釘で貫かれた眼をギョロリと動かし真白を見下ろしたが、悪魔に明け渡した身体は祈りに呼応し足元からざらざらと崩れ落ちていく。

真っ白な灰塵《かいじん》へと変わった釘男の身体が、風に乗って虚無へと還《かえ》っていく。

かつて神が残した言葉の通りだ。

〝あなたは塵《ちり》から取られたのだから、塵に還らねばならない〟

しばらくすると、救急車や応援の車両が慌ただしく現場に集結し、少年は病院に運ばれていった。

真白がふと気がつくと、先程まで少年と喋《しゃべ》っていた犬塚の姿が見当たらない。

辺りを見渡すと路地の闇に融《と》けるように消えていく、背中を丸めた犬塚の後ろ姿が目に留まった。

「待って下さい……!!」

背後から掛けられた声に犬塚が振り返る。

「言っただろ……バディなら別の奴《やつ》と組め。新米……」

「新米じゃありません……!!　わたしは辰巳真白です……!!」

犬塚の鋭い目を見つめ返して真白が言った。

「あなたが一匹狼《いっぴきおおかみ》を気取ってるのはよく分かりました。実力があることも……でも、このまま行けばあなたは丸待《マルタイ》を危険に晒《さら》します……!!」

「なんだと……？」

チリチリと空気が灼《や》け付いた。

こちらを睨みつける犬塚の姿は牙を向く狂犬の姿そのもので、タバコの煙がまるで白い炎のように牙を剥く口元から溢れ出す。

それを見た真白は一瞬だけ唇を固く結んだが、臆すること無く犬塚に食って掛かった。

「今日だってそうです。わたしがいなければ、あの子がどうなっていたか分かりません。あなたが独りよがりの正義を振りかざしたせいで、丸待《マルタイ》が死ぬ可能性もあったんです。だから……わたしとバディを組んでもらいます……!!」

「馬鹿言うな……!!　却下だ……!!　お前が出しゃばらなくても、奴がバットを振り下ろす前に俺は止《とど》めを刺してた。痛い目を見る前に俺の前から失《う》せろ……新米……!!」

真白はポケットから純白のロザリオを取り出して言った。

「あなたに拒否権はありません。わたしは第壱級《だいいっきゅう》祓魔師《エクソシスト》辰巳真白。あなたの上官にあたります……!!」

「は……？」

ロザリオを食い入るように見つめていた犬塚の口から咥《くわ》えていたセブンスターがこぼれ落ちた。

「上官命令です!!　わたしとバディを組みなさい!!　犬塚弐級《にきゅう》祓魔師《エクソシスト》……!!」

犬塚は髪を掻きむしって唸っていたが、やがて大きく舌を打ち、吐き捨てるように怒鳴った。

「くそが……!!　勝手にしろ……!!　だがこれだけは言っとく、現場では俺が先輩だ……!!　お前の指図は受けねぇ……!!　いいな!?」

「それで構いません!!　よろしくお願いします!!　犬塚先輩!!」


なぜわたしが先輩と、バディを組むことに執着したのかはよく分からない。

上からの命令だからだったと言えばそれまでかもしれない。

しかしそれだけではなかったことをひっそりとここに告白しておこうと思う。

先輩の放った銃弾が悪魔憑きの男に命中した瞬間、大聖堂の鐘が鳴り響いたような気がした。

その時わたしは、自分の理解を超えた神からの大いなる導きを感じたのだ。

ただ、この時のわたしは、先輩のことも、これから待ち受ける目を覆いたくなるような世界の有り様と、人の心を蝕《むしば》む闇のことも、まだ何も理解《わか》ってはいなかった……

これは癒えない傷を抱え、十字架《トラウマ》に取り憑かれたわたし達が、それぞれの正義を胸に、闇と対峙《たいじ》する物語。

開幕

壁中に貼り付けられた仮面が、あるはずの無い眼《まなこ》でじっとこちらを見つめている。

アフリカかどこかの民族が被《かぶ》るような不気味な木彫の面から、マスカレードかパレードを連想させるベネチアンマスクまで、古今東西を旅して求めた蒐集品《コレクション》の数々が、こちらをじっと見つめている。

蒐集品《コレクション》の中の能面が目に留まった。その口元に浮かんだ微笑が薄気味悪い。

……能面を身につけることを「かける」という……

能とは演じるのではなく憑依《ひょうい》や変身の類なのだ……と、誰かは続けた。

少年はその言葉を思い出して身震いする。

秒針の音が嫌に大きく感じられた。素足の裏から伝わるヒタヒタという冷たい床の感触に、思わず首筋がぶるりと痙攣《けいれん》した。

この時間なら、誰も起きていない……

早く逃げ出さなければ……

逸《はや》る気持ちを抑えて、なるだけ音を立てないようにリビングを抜け、廊下に続くドアをそっと開く……

「何してる……？」

ドキリと心臓が跳ねた。

恐る恐る振り返ったが、常備灯のか弱い明かりに照らされたリビングには誰もいなかった。

いるのは相変わらず壁一面に貼られた仮面達《たち》だけ。

しかしその口元は先ほどと違って笑っていない。

どこか怒っているようにも見えて、少年の呼吸が浅くなり、いつしか心臓の鼓動が耳骨の奥に響き渡り始めた。

それは敵の接近を知らせるソナーのように間隔を短くしていく。少年はなるだけ音を立てないようにしながら早足で廊下を駆け抜けようとした。

狭い廊下の両脇には、やはりびっしりと仮面が貼り付けられている。

ど……どこからともなく……

クス……クスkすksと嘲笑《あざわら》う。

こrえが聞kこれてくるkr狂う。

ノイズが走った世界に少年は戦慄した。

嘲笑が耐え難い響きになって少年の脳内を蹂躙《じゅうりん》する。

じゅるりん……蹂躙……じゅ。

じゅ。呪。

呪《じゅ》、蹂躙した舌。

「い、嫌だ……!! 僕はそんなの絶対に嫌だあああああああああ……!!」

少年は悲鳴にも似た叫び声を上げると、無我夢中で形振《なりふ》り構わず走り出す。

音を立てないようになどと気を使う余裕はもはや微塵《みじん》もなかった。

滅茶苦茶《めちゃくちゃ》に振り回した両手がぶつかり、壁の仮面がガラガラと音を立てて廊下に散らばるのも構わず少年は走り続ける。

少年は永遠に続くとも感じられるような長い廊下を走り切り、息も絶え絶えドアノブに手を掛けた。同時に背後から異様な冷気を感じる。

振り返ってはいけない……

そう頭の中で何度も叫んだが、まるで何かに操られるようにして彼の首はゆっくり、ぐるりと背後を振り返る。

そこに居るのは……

整列する……

仮面仮面仮面仮面仮面仮面仮面
仮面仮面仮面仮面仮面仮面仮面
仮面仮面仮面仮面仮面仮面仮面
仮面仮面仮面仮面仮面仮面仮面

仮面達は一斉に口角を吊《つ》り上げると、少年に向かって次々と襲いかかってきた。

「ひょ……ひょぉおおおお……」

意志とは無関係に、情けない声が肺胞の奥からひり出される。

同時に尋常ならざる力で少年は足首を摑《つか》まれ扉から引き剝《は》がされた。

一つ、また一つと足に張り付き少年を闇の奥へと引き摺《ず》り込もうとする仮面達。

それでも少年はフローリングに爪を立てて腹這《はらば》いで前に進んでいく。

嫌だ……

嫌だ……

嫌だ嫌だ嫌だ嫌だ嫌だ嫌だ嫌だ嫌だ嫌だ嫌だ……!!

僕は仮面《ペルソナ》なんて被りたくない……!!

爪が割れるのも構わず、少年は意志を奮い立たせて前へと進んだ。

激痛が走り爪と肉の隙間から赤い血が滲《にじ》み出す。

玄関扉に嵌《は》められたモザイクのアンティーク硝子《ガラス》からは柔らかい月光が差し込んでいた。

その光を摑まんとして、少年は高々と手を掲げた。ドアノブを摑み最後の力をふり絞って扉を押し開く。

それなのに、扉が開いたその途端に月明かりが消えてしまった。

影が差した少年の顔からは希望が消え失《う》せ、十代のきめ細やかな白い肌にはべったりと絶望が纏《まと》わりつく。

開け放たれた扉の外には仮面を被った男が腕をだらりと両脇に垂らして立っていた。

少年の足元にじょわぁ……と溢《あふ》れた尿から湯気があがる。それを確認するなり仮面の奥で男の目が見開かれた。

男は少年の髪を鷲摑《わしづか》みにすると失望混じりに小さく唸《うな》る。

「失禁するとは……情けない……情けない……情けない……情けないぃぃぃいいい……!!」

「嫌だ……嫌だぁああああ……!!」

少年の悲鳴は誰に聞かれることもなく、玄関扉は静かに閉ざされるのだった。

†

「ねえ……!! お願いよ……!! もう一度だけ検査を受けて欲しいの……!!」

手に握られた妊娠検査キットには陰性を示す線が一本、孤独に浮かび上がっていた。

女の懇願するようなどこか切羽詰まった言葉とは裏腹に、その声には若干の責めが含まれている。

「前にも受けただろ? それで俺には問題ないって医者も言ってたじゃないか? だいたいこの俺に問題なんてあるはずがないだろ?」

鏡の前に立ちネクタイを整えながら男は言った。

鏡に映るうんざりしたような自分の顔を見て男は小さく舌を打ったが、すぐに商社マンの仮面を被り心を隠す。しかしどうやら女の目にそのルーティーンは映らなかったらしい。

女はなおも男に追い縋《すが》り、優しく肩に手を触れながら言う。

「でも……言われた通りのタイミングでしたのよ？　それなのに……もしかしたら検査で何か見落としがあったのかも……!?」

その手が無性に男の神経を逆撫《さかな》でした。

なぜ俺が？

なだめられる必要があるとすれば、それは俺ではなくこの女の方のはずだ!?

この女になだめられるような所は、この俺には一ミリだって存在しない……

男はスッと肩を引いて女の手から逃れると目も合わせずにリビングに向かい、テーブルに置かれた朝食を一瞥《いちべつ》する。

蠅帳《はいちょう》を被せられたトーストとサラダと目玉焼き。飾り切りされたウインナーが無性に気に入らない。

男は珈琲《コーヒー》メーカーのポットから珈琲をカップに移すと、トーストを摑んで口に運んだ。

経済新聞の朝刊を睨《にら》みながら珈琲を飲み干すと、他には手を付けないで立ち上がる。

「食べないの……？　健康的な精子を作るためにもしっかり栄養を摂《と》らないと!!」

手つかずの目玉焼きとサラダを見てヒステリックに叫ぶ女の手には、まだ検査キットが握られている。

それを見た男の食道あたりに、胃液にも似た辟易《へきえき》とした気持ちが迫《せ》り上がってきた。

怒鳴りそうになる気持ちを抑えつけ、男は黙って玄関へと向かう。むしゃくしゃした気持ちを込めて朝刊を乱暴に丸めながら。

それでも依然として検査キットを握りしめたまま玄関までついて来る女に、男はとうとう頭に来て振り返るなり叫んで言った。

「いい加減にしろ!! いつまでそれを持ってるつもりだ!? 結果が変わるわけでもなし……俺への当てつけか!?」

「そんなつもりじゃ……」

「俺もお前も検査の結果は何も問題が無いんだ!! これ以上くだらない妄想に付き合わせるな!! 今日は遅くなる……そんなに子どもが欲しいなら神にでも祈るんだな……!」

「あ……」

女の口から出かけた言葉を聞くこと無く、男は乱暴にドアを閉めて出ていってしまった。

ドアの窓から差し込む白い朝日がその場に崩れ落ちるように座った女の目を眩《くら》ませると、世界が無情な白一色に染まったような気がした。

気がつくと自分の嗚咽《おえつ》が聞こえてくる。

手からこぼれ落ちた妊娠検査キットがカラカラと音を立ててレンガ造りの土間の上を転がった。

目をやると、やはりそこには独りぼっちの陰性反応がポツリと一本突っ立っている。

「あああ……!!　あああぁあああ……!!」

女は顔を両手で覆い、誰もいない家の玄関で咽《むせ》び泣いた。

酷《ひど》い孤独を感じる。世界が自分を拒んでいるように感じる。

世界中の誰も彼もが優しさを忘れてしまったのだろうか？

もし皆が優しさをほんの一欠片《ひとかけら》でも持っていればこんな悲しみは世界には存在しないのではないか？

ドアの窓から差し込む陽光は女に当たり、背後に人知れず長い影を浮かび上がらせている。

涙に震える女の肩と裏腹に、伸びた影は嘲笑うように小刻みに震え続けていた。

その日の夜、眼下に街の明かりを見下ろす高層ホテルの一室に、女の嬌声《きようせい》が木霊する。

水気を含んだ淫靡《いんび》な音が、男の小さな悲鳴で幕を閉じると、しばらくして甘えるような囁《ささや》きが響き渡った。

「奥さんいるのに悪いんだぁ……?」

こちらの目を覗《のぞ》き込むようにして見つめる瞳の奥には優越感と相まって、従順に擬態した征服欲が美しい幾何学模様を映し出していた。

男はそんな相手の艶やかな髪を撫でながら言う。

「構わないさ。義務は十分以上に果たしてる。それなのにあの女ときたら感謝もせずに業突張《ごうつくば》りなことばかり言って、もううんざりだよ」

甘いマスクで微笑《ほほえ》む男の唇に触れながら女も微笑を浮かべる。

「冷血な商社マンのふりしてるけど、あなたの笑顔ってとってもチャーミング。業突張りなことって？」

男はその問に答えるべく記憶を探ったが、適当な例えが見つからなかった。

毎夜毎夜ヒステリックに射精をねだる女の顔を思い出しそうになり、男は頭《かぶり》を振って言う。

「とにかく、種馬みたいに精液を搾り取られるのはもううんざりなんだ。セックスはお互いが高め合うものだろう？　そう言う意味では君は一流の娼婦《しょうふ》だよ」

男はそう言うと、もう一方の手を相手の背中に這わせた。

自分の指に、敏感に反応するその姿を見て、己の下半身も再び反応するのがわかる。

男はそのまま女の耳を食《は》み、卑猥《ひわい》な言葉を囁きかけると、相手は潤んだ目でこちらを見て小さく頷《うなず》いた。

男はそれに満足すると下卑た笑みを浮かべて女体の上に覆いかぶさった。甘い嬌声と、荒い息遣い、そして淫靡な水音が混じり合う。

ギィギィ……ギィギィ……と男女を乗せたベッドは悪魔の肋骨《ろっこつ》のような軋《きし》み声《ごえ》をあげながら、重なり合う二人を盛りたてた。

✝

ぎぃこぉ。ぎぃこぉ。

不可思議な音だった。

ぬっとん。ぬっとん。

湿り気を含んだ合いの手も聞こえる。

おやおや？　と年老いた隣人は耳を欹《そばだ》てたが、薄汚い壁一枚隔てた向こうで、音の主もこちらの様子に気がついたのか、ピタリと音は止《や》んでしまった。

子供特有の、軽やかで軽薄な足音が遠ざかっていくのが聞こえると、老人は「なるほど子供の粘土遊びかナニカだろう」と得心する。

壊れかけの遊動椅子《ロッキングチェア》に再び深々と腰掛けると、ぎぃこぉ……ぎぃこぉ……と軋む音がした。

ははん……さては寝ぼけていたな？　己の立てる物音と、隣の音とが区別できぬとは……

しかしどうにも腑《ふ》に落ちないのはぬっとん……ぬっとん響いていた合いの手の方だった。

思案に耽《ふけ》りながら電波の悪いラジオに耳を澄ましていると、微睡《まどろ》みの奥から睡魔の影が現れる。

とととと……

軽薄な足音だ。

とととと……

子供は無邪気で良い。

とととと……

去りし日が閉じた瞼《まぶた》の裏側に鮮明に映し出され、夢と現《うつつ》の境界線がどろりと融《と》け始めた。

戦争前の世界では、己も広場なんかを駆け回ったものだ。

酷い戦争だった。人間はこれほど残酷になれるのかと目を疑うほどだった。

穢《けが》らわしい悪魔共め……

人の内側深くに入り込み、脳髄やら臓腑やらに、奴《やつ》らは鉤針《かぎばり》を掛けるんだ。

そうなっちまったらもう駄目だ。人間には抵抗なんて出来やしない。

犬猫だろうと、糞《くそ》だろうと、欲望のままに食い散らかす……

己の足だって……

無意識のうちに、老人は右の義足を撫でていた。

感覚の無い炭素の足を撫でながら眠りにつく間際、不可解な音がした。

とととと……ぺたり。

すぐ近くだった。

子供の湿った素足が冷たいタイルを踏んだような、やけにみずみずしくも不快な物音。

薄目を開けて様子を見ると、開いた玄関から差す逆光の中に、子供の影《しるえっと》が浮かび上がる。

暗い影が輪郭線の内側でうぞうぞと這い回り、見ているこちらの神経を蝕《むしば》み犯すような影だった。

目を離せずにその姿に釘付《くぎづ》けになっていると、コツンコツン……と音がして、子どもの影の背後から、女と思《おぼ》しき大きな影が姿を現す。

途端にぞりぞりと悪寒が背骨を撫であげた。

ととととと……

軽薄な足音を残して小さな影は暗闇に消えてしまった。

女の影は、相変わらず逆光の中に揺れている。

長い四肢が妖艶でもあり、不気味でもある。

その時、感覚の無いはずの足に、何かが触れる気配があった。

幻肢痛以来、長らく忘れていた右足の感触。

しかしそれは決して心地のよいものではなく、生ぬるく、湿っていて、不吉な感触だった。

咄嗟《とっさ》に見下ろすと、痩せこけた少年が、義足にしがみつきながら、こちらを見つめている。

見開かれた目の白だけが、暗がりの中からギラギラと自分を見つめている。

つい先ほどまで光の中にいたはずの少年が、今や自身の足元に広がった闇の中から、青白い腕を義足に絡ませて自分を押さつけているその状況に、言い知れない恐怖がフツフツと湧き上がってきて、老人は思わずきつい口調で大声を出す。

「何してる？　ここは儂《わし》の家じゃ……勝手に入っちゃいかん！」

そう言って手を伸ばし、掴んだ子供の服は、べっとりと血糊《ちのり》で濡《ぬ》れていた。

老人は驚き、思わず手を離す。

粘度の高いねっとりとした血液が、離した手の指の隙間から、糸を引きながら床へと向かって伸びていく。

だあら、だあら、だあら、だあら
だあら、だあら、だあら、だあら
何だこれは？

悪夢でも見ているのか？

さっきから足足足足足足の感感感感感覚が割れるように痛い……!!

マガマガマガマガマガ禍々あた魔があた禍々頭が……!?

必死に立ち上がろうとするも身体《からだ》が微塵も動かない。

動かぬ身体を諦めて、自分のこめかみ辺りを目だけで見上げると、長い長い千枚通しのような女の指が、ずっぷりと突き刺さっていた。

酷い目眩《めまい》と耳鳴りに襲われ頭が割れるように痛むのに反して、意識と感覚は鮮明で時間の流れは緩慢でさえある。

老人の目はこめかみに刺さった指の主を丁寧に辿《たど》っていく。ほっそりとしつつも柔らかく丸みを帯びた女の手。白い二の腕とノースリーブの境から覗く腋窩《えきか》。腋窩から双丘に続く緩やかな曲線、その上には血まみれの唇がにぃと嗤《わら》い、ゆっくりと血を舐《な》め取る舌の動きは官能的でさえある。

老人の頭の中で、何度も何度も女の舌が唇を舐めた、血を舐めた。繰り返し繰り返し舐めた。くちゅる……クチュ……と、頭の中を何かが掻《か》き混ぜる音がする。

堪《たま》らない淫靡なリフレインと、否応《いやおう》なく脳が撒《ま》き散らす麻薬成分が、老人のとうの昔に枯れ果てた男根を固くする。

「〝馬を御するために、その口に轡《くつわ》を掛けると、その体全体を引き回すことが出来る〟聖書の言葉よ?」

女は老人の頭に刺さった指を捻《ひね》りながら、耳元で囁いた。

「あああああああ……!?」

同時に激しい痛みと快楽が背骨を駆け抜け、義足を付けた足がビクン……と跳ねた。

もはや左右の眼球さえもが好き勝手に動き回り、老人の目は声の主を捉える事ができなかった。

それでも恐怖が、心臓の奥深くに眠る魂を諤々《がくがく》と震えさせる。

「悪魔は、人を御するために、脳髄や臓腑に鉤針を掛ける。あなたの思ったとおりね？」

女は指を止め、満面の笑みで老人の顔を覗き込んだ。

止まった両目が邪悪で官能的なその顔を網膜に焼き付ける。

くちゅ……ぶっちゅ……ぶりゅ……

それがこの老人の見た、最期の景色で、そして最期の音だった。


同じ頃、受精卵を覆う薄い細胞膜の向こう側から、誰かの狂喜する声が聞こえた気がした。

「やったわ……!!　ついにやったわ……!!　理想の家族をつくりましょう……!!」

しかしその誰かの手は自分には届かないし、優しく触れたのは自分を包む胎《はら》ではなく、陽性を示す二本の線が浮かび上がった検査キットだった。硝子細工を持つような慎重な手つきでキットを両手に載せてうっとりと眺めている女を、蔑むように男が遠くから見つめているのが分かる。

それが小さな命の始まりの記憶だった。

「これからはあなたにも協力してもらわなくちゃね？」

予期せぬ言葉を口走った女が、自分に向かって微笑みかけている。それで男はその言葉が自分に向けられたものだと理解した。

「キョウリョク……？」

思わずこぼすと女は目を見開いて信じられないとでも言うように男を見据えた。その目に宿る侮蔑の気配を感じ取り、男は顔をしかめる。

「当たり前じゃない!?　妊婦がどれだけ大変でデリケートなものか分かってないのね？　それに胎教はとっても重要なのよ？　完璧な赤ちゃんを産むためにもストレスは厳禁なんだから……!!」

「俺は仕事が忙しい。胎教に必要なものがあるなら好きに買えばいいだろ？　俺の仕事の邪魔をするな……」

男は出来るだけ女を刺激しないように言葉を選びながら言ったつもりだったが、それでも女の気に障ったらしい。キィキィと甲高い声で応酬が始まる。

「やっと授かった赤ちゃんよ!?　あなたは大切じゃないの!?　仕事と子どもどっちが大事なのよ!?　どうせ一流って評価を維持することがいちばん大事なんでしょ!!」

「ヒステリックに叫ぶな……子どもを育てるのには金がいる。金が無きゃお前の理想の子育てなんて出来ないんだぞ……？」

目に涙を溜《た》めて自分を睨みつける女を残して、男は家をあとにした。

忘れろ……仕事を優先するんだ……

仮面を被れ……

余計な感情は必要ない……

何度もそう言い聞かせ、毛羽立つ感情を撫でつけながら男は会社に向かって歩いていく。

満員電車に乗りスーツ姿の群れの中に身を浸すと、男の気持ちは落ち着きを取り戻し始めた。

もみくちゃにされながら取引先との駆け引きに想《おも》いを馳《は》せ始めた頃には、女のことなどすっかり頭から消え去っている。

俺の居場所は家庭なんかじゃない……

アポカリプス戦争を経てもなお、終わることない金融戦争……

その戦場こそが俺の居場所だ……

男がすっかり自分の世界に浸り直したその頃、女は夫の残していった食事を片付けていた。

ライ麦のパンと目玉焼きがゴミに変わるのを見届けてから、袋の口を縛り表に出る。

するとちょうどゴミステーションあたりで近所の主婦に出くわした。

背中におんぶ紐《ひも》で括《くく》られたベビーを目にして、思わず顔がほころぶと、ベビーの方もなぜか嬉《うれ》しそうにキャッキャと声を上げた。

「あら……おはようございます」

「おはようございます。可愛《かわい》い赤ちゃんですね」

無意識に自身の下腹をさすりながら言うと、相手は目ざとくそれに気づいて口を開いた。

「もしかして……おめでた？」

「ええ！　まだできたばっかりなんですけど……」

はにかむように笑って答えると相手も笑い返して言った。

「初産？　これから大変だと思うけど、ご近所どうし何かあったら頼ってね？」

ゴミを捨て、帰り道を歩きながら女はひとり呟《つぶや》くように口にした。

「私もママになるんだ……」

こみ上げる笑いを噛《か》み殺しながら、女は玄関の扉を開けた。

最高の家族、最高の教育、そして愛という言葉が、頭の中で乱反射する。

あの人だって変えてみせる。

我が子の姿をその目で見れば、あの人だって命の尊さに目覚めるはず。

私達の愛であの人のザラザラな心に愛を注ぐの！

固い誓いを胸に、女は生家の風景を思い出す。

父とはほとんど口をきいた覚えがない。

母ともまた、情緒的な繋《つな》がりは殆《ほとん》どなかったように思う。

裕福で家柄も良く知人も多かった。それ故にいつも客人が家にいた。

知事だか、議員だかも出入りしていたように思う。

完璧な社会的地位とは裏腹に、家族の団らんは時間的にも心理的にも皆無な、ざらついた家庭。

あんな寂しい思い、この子には絶対させたりするものですか……

この子の家庭は……愛で満ちたものでなければ……！


それから男にとっては地獄のような日々が始まった。

女はなにかに付けて男に小言を言うようになった。

やれ近くのスーパーには無農薬の野菜が少ない。水はフッ素で汚染されている。空気には重金属の微粉が紛れ込んでいる。それらはこの子の可能性を奪う悪魔であって、親の愛とはそれらを取り除くことなのだと。それらに注意を払い続けることなのだと。

そのたびに男は女の言うままに無農薬野菜の宅配サービスに入会し、浄水器を買い、空気清浄機を買った。


「おい？　ビールは？」

ある日男が冷蔵庫を覗き込みながら尋ねると、女の軽やかな声が返ってくる。

「それがね、アルミ缶って身体に悪いみたいなの。飲み物にアルミのイオンが溶け出して身体に蓄積するんだって。あなたが飲んでるのを見て、この子が缶ジュースを欲しがったら大変でしょ？」

女は下腹を撫でながら愛《いと》おしそうにそう言った。

「なら瓶ビールでもいい！　自然食とか言ってパサパサの飯を食わされてるんだ！　ビールぐらい用意しておけ」

「妊婦に重たいものを運ばせる気なの!?　お腹《なか》の子を第一に考えてよ……！」

目まぐるしく表情の変わる女を前に、男は頭を振って部屋を出ていく。

「もういい」

「どこ行くの!?　もうご飯できるのに！」

「そんなパサパサの飯食えるか……」

その日を境に男は家に寄り付かなくなった。同僚と飲み歩き、愛人の家に入り浸るようになった。

夫の不在が続くにつれ、女の理想に亀裂が生じ始める。

その時は決まって金切り声にも似た女の絶叫が胎内に響き渡った。

それから幾月かたったある日、随分とお腹の膨らんだ女が、両手にゴミ袋を抱えて無機質な動きでゴミステーションへ向かって歩いていた。

ザバザバとビニールの擦《こす》れる音を立てながら歩く女の目は死んだように一点を見つめたままで、表情は一ミリも変わりはしない。生気を感じさせないその姿を見かねた近所の主婦が、意を決して女に声をかけた。

「大丈夫？　手伝おうか？」

女は足を止めその婦人を見た。少し大きくなった赤ん坊をいつかと同じように背負っていたが、今日は以前と違い憐《あわ》れむような顔をしている。

女は赤ん坊を背負った婦人をつま先から順に品定めするように視線を動かし、最後に目を見てぼそ……と呟いた。

「パサパサ……」

「え？」

それだけ言い残すと、女は再びバサバサとビニールの音を響かせながらゴミステーションの方へ歩いていった。取り残された婦人は唖然《あぜん》としてその姿を見やりながらも、家の中に戻っていく。

どうせ……ろくな物も食べてないんだわ……

子どももきっと大した脳には育たない……

私は違う……この子も……夫だって……

今に私に感謝するわ。完璧な子どもと完璧な妻を持てて俺は幸せだ。って……

山積みされたゴミ袋の群れの中に、女は自分のゴミ袋を放り込む。同時にグシャ……と音がして、生ゴミの嫌な臭いが立ち上った。

潰れたゴミ袋に、自惚《うぬぼ》れた夫の顔が重なり、女の顔に薄笑みが浮かぶ。

女は膨らんだ腹を撫でながらゆっくりとした動作で家に向かって歩き出した。

何処《どこ》かを走る消防車のサイレンの音が聞こえるのと同時に、お腹の子どもが強く腹を蹴った。


「すみませんじゃないだろ？　どうしてこんなことになったか聞いているんだ」

「すみません……」

デスクに腰掛けタスクを処理しながら、男は部下達に指示を出していた。

怒鳴ったりはしない。男の目指す一流の振る舞いにそんな姿は似合わなかった。

問題を丁寧に指摘し、部下に解決策を考えさせる。モチベーションを上げてやり、自分の意思で仕事に向き合うように誘導する。今まで読んできた膨大な量の〝リーダーとはかくあるべき〟という指南書の数々が男の振る舞いを作り上げていた。

仕事が出来る上に丁寧な言葉づかいとハッキリした態度。そして時折見せるギラついた目。既婚者であると知りながらも、そんな彼のことを狙う女子社員は少なくない。そして男はそんな女子社員達の目をわかっていた。

その反面で、理詰めとか、モラハラだと陰で囁く社員も少なくなかった。男はそのことに、これっぽちも気づいていていない。

一通りの指示が終わり、男がさて自分の仕事に取り掛かろうという時のことだった。

「おい。お前もパパになったんだろ？」

男はその声で鬱陶しそうに顔を上げた。同期の加藤《かとう》の前では一流の仮面がほんの少し綻び素顔が露呈してしまう。

「止《よ》してくれ。仕事場でまで子どもの話は聞きたくない。子どもの話はカミさんだけで十分だ……」

加藤が差し出す紙コップを受け取りながら男は苦虫を嚙んだような顔で言う。口をつけた珈琲はいつにも増して酷《ひど》い味がする。

「おいおい……!?　一流がお前の流儀だろう？　子育てで手を抜くなんてらしくないぞ？」

「口うるさい奴だ……子育ては女の仕事だろ？　だいたい商社マンが子育てしてどうなる？跡取りを育てるわけでもなし……無論塾には入れるし、スポーツなんかもさせるつもりだ」

二口目の珈琲を飲んで、男はたまらず紙コップをデスクに置いた。そんな調子の男を見て加藤はやれやれと溜息《ためいき》をつく。

「そんなんじゃ一流は遠いな。これ見てみろよ？　あのビル・ロジャーだって子育てには真剣そのものだぜ？　俺は一流なんて目指してないけど、この子育てはアリだと思う！」

差し出された雑誌には『大富豪の子育て。一流を育てる秘訣《ひけつ》』と書いてあった。

男は眉を顰《ひそ》めてそれを受け取ると、パラパラと中をめくってみる。

「やるよ。未来の一流をお前のとこから輩出してくれ！」

そう言って同僚は目配せし、自分のデスクに戻っていった。雑誌にはあの女が言っていたフッ素についても言及されている。仕事も忘れてページをめくり、冷めた珈琲に再び口をつけると、不思議とあの酷い苦みが消えて、なんとも言えない甘みが口の中に広がった。

なるほど……あの女には価値がある……

男が静かに雑誌を閉じると、時刻は定時を迎えていた。男は携帯デバイスにメッセージを打ち込み会社をあとにした。

時を同じくして、机に置いたデバイスが通知音を鳴らした。女は無表情でそれをつまみ上げて表示されたメッセージに目をやる。

そこには夫からの短いメッセージが表示されていた。それを読み終え、女は肩を震わせる。

〝今日は仕事が早く片付いた。夕食は家で食う〟

あはは、あははは…と、誰かが勝ち誇ったように笑う声がして、ついぞその時が訪れた。

嗚呼《ああ》痛い、嗚呼痛い…と、悲鳴が響き渡り、静寂が訪れる。そして血の海から男の子が産まれた。

男の子が外で遊ぶ年頃になった頃、男は家族を連れてアスレチックが立ち並ぶ公園に赴いた。子ども連れがそこかしこにレジャーシートを敷いて嬉々《きき》とした表情で笑い合っている。

仲睦《なかむつ》まじく一つの袋からスナック菓子を取り出して食べる家族を見て、男はフッ……と鼻を鳴らして思った。

自然派の教育は休日のリフレッシュにもいい……

周囲の自分を見る目も尊敬と羨望に満ちている……

突然声を掛けられて家族揃《そろ》いのブランドパーカーを褒められたのには参ったが……

妻が見繕った揃いのマウンテンパーカーを一瞥し、右手でせわしなく腰のあたりをこすりながら男は不意に舌打ちをした。

その理由が自分でもよく理解《わか》らず、男はかすかに眉を顰める。

公園で「わざわざ」手作りの弁当を食べることは、一流の子育てと言って差し支えないだろう……

あるからといって全て金で解決するのは二流の振る舞いだ。添加物まみれのコンビニのスナック菓子は論外だがな……

幼い息子の乗ったブランコを押しながら男は考える。キィコォ……キィコォ……と錆《さ》びた鎖が悲鳴を上げたが、優越感とは別の何かが思考の片隅に引っ掛かり、男の耳には聞こえない。

だがなんだ？　この苛立《いらだ》ちは？

男は近頃、理由もなく苛々《いらいら》する自分に困惑していた。仕事も順調だったし、家族と過ごす時間も増えた。同じように自然派の子育てを実践する家族との交友もあったし、そこにいる誰からも尊敬されていた。それなのに苛立ちは募る一方でムラムラと腹の底で澱《おり》を作っている。

「パパ……？　速いよ……？」

幼い少年が小声で言った。しかしその声は鎖の軋みに呑《の》まれて誰の耳にも届かない。

ぶん……ぶん……

キィコォ……キィコォ……

「パパ……？」

何かが気に食わない……

ぶんぶんぶんぶん……

キィコォキィコォキィコォキィコォ……

「パパ……怖い……」

いつしか男は笑う家族を睨みつけていた。ガチャガチャと鎖が騒ぎ立てる。それでも男はブランコを揺らす手を緩めようとはしない。

視線を移すと独身風の青年がランニングをしている。その青年は見るからに自由そうで、それに引き換え自分は鎖に雁字搦《がんじがら》めにされているように思えた。

「あなたぁあああ……!!」

叫び声が公園に木霊し、人々の視線が一瞬でブランコに集中する。

「しまった……」

男が我に返って手を止めた拍子に、子どもがブランコから振り落とされた。

顔から地面に突っ伏した男の子を母親が抱き上げる。服に付いた砂を払い落とし、膝にめり込んだ砂利を払うのと同時に、男の子は火が付いたように大声を上げて泣いた。

心配した野次馬達が集まってくる。

私としたことが……すいません……お気になさらず……うちの子は強いですから……

誰かがそれに向かって明るい声で言った。

わんわんと響く泣き声がそれをかき消していく。

あなたが無茶ばかりするから……!! 誰かがヒステリックな悲鳴をあげた。

うるさい!

お前も男ならこれくらいのことで泣くんじゃない……!

泣くな! 泣くな!

わんわん……わんわん……と響く泣き声が、全ての声を呑み込んでいった。

わんわん……わんわん……わんわん……


どこかで鳴く犬の声で目を覚ますと、階下のキッチンからベーコンの焼ける匂いがする。

額の古傷が痛んだ気がして思わず手を触れたが、肉の凹凸以外に変わった様子はない。

少年は大きく溜息をついて時計に目をやった。登校するには少し早いが構わない。家《ここ》から出るなら早いほうがいい。そんな少年の気持ちなど微塵も気にすることなく、母親はわざとらしいほど高い声で階下から叫んで言った。

「朝ご飯よー？」

二度目の深い溜息をついてから少年は床を蹴って合図する。どん……と鈍い音が響くと同時に女の笑う気配がして、少年の胸の底に溜まったヘドロが澄んだ水へと巻き上がる。

腐った水を胸いっぱいに含んだまま制服に着替えてリビングに向かうと、テーブルの上にはすでに食事の準備が整っていた。まるで下りてくる時間まで全てが計算されているように思えて、少年は三度目の溜息をついてから席に向かう。

朝日がカーテンの隙間から差し込み、漆喰《しっくい》塗《ぬ》りの壁に光が一瞬のアートを描き出す。偶然を装っているがそう設計されている。いつだったか母親が幼い自分に自慢気に話していたことを壁を目にする度に思い出して少年はもはや吐きそうだった。

全粒粉の食パン、有機野菜のサラダ、平飼い卵の目玉焼き、無添加のベーコンが並ぶ朝食。その向かいには経済新聞を見ながら珈琲を飲む父親の姿がある。そして父の皿の横には先日帰ってきたテストの束が積まれていた。

「この点数をどう思う？」

そう言って父親は息子の顔も見ず新聞を睨んだまま一番上のテストに指で触れる。その指に押し出され滑るようにして少年の前まで来た答案には「98点！　VERY GOOD！」と書かれていた。

「別に……ちょっとミスっただけ。他は百点だった」

少年もまた、父親の方は見ずに答えた。すると父は新聞から視線を息子に向け、睨みながら言う。

「百点を取れと言った覚えはない。俺が言ってるのはそのミスの話だ。いつも言ってるだろ？　解《わか》らないことは学べばいい。だがこれは致命的なケアレスミスだ！」

「小数点がずれただけで大げさすぎだろ……」

ボソリと呟いた少年の言葉に父はぴくりと反応した。

「小数点がずれただけだと？　もしこれが会社の経理や発注作業だったらどうだ？　小数点が一つずれただけで十倍の損失になるんだぞ!?」

少年は何も答えずに目玉焼きの黄身にフォークを突き刺していた。何度も何度もフォークを突き刺し、どろり……と半熟の黄身が白身を伝って広がっていく。不意に生臭いにおいが立ち込め、少年の嫌悪が皺《しわ》となって眉間に現れる。

「なんだその顔は!?」

父親はそれを息子の反抗とみなしたらしく、大声を出した。するとどこからともなく母親がやってきて少年の肩に両手を置きながら父親に微笑んで言う。

「あなたの帰りが遅いのも一流の証《あかし》？　一流なら仕事も早いんじゃないの？」

「仕事の出来ない部下の尻拭いをしているだけだ……！　だいたい、俺は実現可能なものを目指している。努力している。それの何が悪い？　それに引き換えお前が望んでるのはお伽噺《とぎばなし》みたいなものだろ！　お前はありもしない完璧を望んでいる。そんな事に家族を巻き込むな！」

そう言って父親は経済新聞を丸めて立ち上がった。乱暴にビジネスバッグを摑んで歩きだすと、すれ違いざまに妻に向かって吐き捨てた。いつしかひび割れだらけになった一流の仮面からは生身の憎悪が覗いていた。

「お前がそんなだから……その反動でアイツは三流以下の人間とつるむんだ……」

その言葉で女の顔に血が上り、白い肌に朱が差した。言い返そうとした時にはすでに夫が家を出た後だった。

少年もまた立ち上がり、家を出ようと玄関に向かう。すると母親がその手を摑んで言った。

「待って……!!　塾にはちゃんと行ってるの？　満点取れなかったのは……悪いお友達のせいじゃないの……？」

夫の言葉に影響されたわけではない。それでもやはり、愛する息子の交友関係が気がかりではある。

反抗期の息子を刺激しないようにと、女はとびきりの作り笑いを浮かべて少年を見つめる。

「関係ないだろ!?」

少年はそんな母親を睨みつけた。ありったけの殺意と憎しみを込めて睨みつけた。それなのに、女は憐れむように、困ったように微笑んで首をかしげて見せる。

「ママはあなたのことを心配してるのよ？　あなたは私の命より大切なの。あなたには最高の幸せを手に入れて欲しい。ママの気持ちを理解《わか》って？」

まるで聖母を張り付けたような嘘臭《うそくさ》い母の顔を見て、少年の背中にミミズが這い回るような感触がした。

「あんたのその顔が大嫌いだ……!!」

少年も父親同様捨て台詞《すぜりふ》を吐くと、母親を突き飛ばして玄関へと走った。

「待って……!!　待ちなさい!!」

しかしその声は虚《むな》しく漆喰の壁に吸い込まれて、息子には届かない。

これほど愛しているのに？　私の宝物なのに？　最高の人生を歩んで欲しいだけなのに、どうしてそれが伝わらないの？

リビングの床に座り込み、女は顔を両手で覆ってさめざめと泣いた。やがて涙で濡れた指を組み、女は跪《ひざまず》いて祈り始める。

神様……天のお父様……息子に私の愛が届きますように……どうぞお力を貸してください……

カラン……

不意に背後で鳴った物音に女はハッと振り返る。見ると壁に掛けられた幼いキリストを抱くマリアの絵画が傾いて揺れている。

「イエス様……？」

立ち上がった瞬間、ぽつ……とレコードの針が落ちる音がした。同時に大音量で『もろびとこぞりて』の冒頭が流れだす。

諸人《もろびと》こぞりていざ迎えよ……

久しく待ちにし……

主は来ませり……主は来ませり……主……主……主……

主は来ませり主は来ませり主は来ませり主は来ませり主は来ませり主は来ませり主は来ませり主は来ませり主は来ませり主は来ませり主は来ませり死は来ませり死は来ませり死は来ませり死は来ませり死は来ませり……

キィキィと音飛びした不気味な声で繰り返されるその歌に思わず冷たいものが背筋を伝い、女はレコードの電源を落とした。

「故障……？」

窓の外からはじぃわ……じぃわ……と蟬《せみ》の合唱が聞こえてくる。

気温の上がった部屋で、冷たい汗が女の頬を伝った。

太陽に分厚い雲が覆いかぶさると同時に、あれだけ煩《うるさ》く鳴いていた蟬たちの歌声がピタリと止んで、ぺたりと張り付くような影が部屋の中に充満した。

†

白の墓石。

新たに据えられた日本の中枢にほど近い場所に建てられたこの建物は、法王庁が管理する極東聖教会の総本山だった。

総本山と言ってもそれは日本と東南アジアに限ってのことで、その大本には国境さえも飛び越えるほど強大な権力を有したバチカン聖教会がある。

天に向かって聳《そび》え立つ真っ白な建物には窓が一つもない。神聖というにはあまりにも殺伐とした、ある種異様とも捉えられかねない姿から、人々には白の墓石と揶揄《やゆ》されている。

設計者の意図には諸説あるが、かつて世界を崩壊させたアポカリプス戦争被害者達への追悼の意が込められているというのが定説だった。

その他にもここに仕える者達への皮肉を込めているのだとか、地下には秘密のシェルターがあり、超常を利用するための秘密の研究がなされているだとか、噂《うわさ》は枚挙にいとまがない。

そのどれもが噂話に尾鰭《おひれ》どころから鰓《エラ》まで付いた眉唾物だったが、たしかにこの建物には特殊な者達が集っていた。極東聖教会に所属する祓魔師《エクソシスト》の面々である。

西暦二〇二四年、人類は量子力学的領域に起こったシンギュラリティにより他次元観測装置、ドアスコープを完成させた。これによって次元の向こう側に存在する様々な未知の技術を観測、習得し、人類文明は飛躍的な進歩を遂げることとなる。

国連はドアスコープによってもたらされる知識が、世界を取り巻く様々な問題解決の鍵になり得ると声高に宣言し、各国は競うように他次元観測に乗り出したのだ。

しかしそれによって人類が支払う代償はあまりにも大きいものとなった。

西暦二〇三〇年、人類はとうとうパンドラの匣《はこ》を開くこととなる。繰り返される他次元観測により極大化したドアスコープの綻びから、次元の向こう側に封印されていた堕天使たちが大群を率いて押し寄せてきたのだ。堕天使が率いる伝説級の悪魔や怪物たちは、容赦なく人類文明を蹂躙し……破壊した。

黙示録に書かれた大艱難《だいかんなん》時代《じだい》とも呼ばれる地獄の七年間、アポカリプス戦争の幕開けである。

世界の人口は三分の一にまで減少し、主要な都市はことごとく破壊し尽くされた。大国の軍事力をもってしても刃が立たない悪魔たちに人々は恐れ慄《おのの》き、絶望が人々を覆い尽くすころには、人々は自然と神に拠《よ》り所《どころ》を求めるようになった。

そのような絶望と人々の祈りが渦巻く中で、一人の男が立ち上がる。後のバチカン聖教会法王である。

彼は十二人の使徒を任命し神の力を授けると聖十字軍を結成。今まで防戦一方だった戦況を覆し始めたのだ。

こうして甚大な被害と犠牲を払いながらも、聖十字軍はなんとか伝説級の堕天使や悪魔たちを次元の亀裂の向こう側に封印し直すことに成功した。

このことを機に、キリスト教会は世界中でその地位を大きく向上させ、各国にはバチカンの名の下に法王庁が設置されることとなった。

その法王庁直属の組織が聖教会である。

聖教会に所属する祓魔師《エクソシスト》達は、法王より神の権威を授かっており、一部国家の法をも超越する権限を有している。

祓魔師《エクソシスト》を含む聖職者達にとって悪魔憑《あくまつ》きを根絶やしにすることは、神より賜った天上の使命とされていた。

白の墓石の各階には各々細分化された魔障対策室が設置されており、その十三階に魔障虐待対策室《ロスト・チャイルド》のフロアが設けられている。

純白の墓石を貫き通す円筒状のエレベーターの中で犬塚《いぬづか》は見るからに不機嫌な表情を浮かべながら、背中を丸めポケットに手を突っ込んだまま点灯するボタンを睨んでいた。

「くそが……なんでこのエレベーターはこうもトロくせえんだよ……」

「それは消費者庁が定めたエレベーター管理における条文第八条の……」

「……そういう意味じゃねえ……」

「怒ってるんですか？　もしかしてお腹空《す》いてます？」

真白《ましろ》は自分の食べていたウエハースに視線を落とすと、そっとそれを犬塚に差し出した。

「一口だけですよ……？」

「おい……本気で言ってんのか？」

「〝汝《なんじ》、飢えたるものに施し給《たま》え〟です」

胸を張る真白を犬塚が珍獣を見るような目で見ているとリンと音がしてエレベーターは十三階に止まった。

「どうやら無事バディになったみたいだね？」

エレベーターの前には四十代後半と思しきくたびれた男が立っていた。

男の名は京極影久《きょうごくかげひさ》。

魔障虐待対策室《ロスト・チャイルド》の室長にあたる人物だった。

無造作に伸びた髪と無精髭《ぶしょうひげ》、やつれた頬がなんとも言えない哀愁を漂わせている。それでいて体軀《たいく》はしっかりと鍛え込まれており、暗くて深い目にはどことなく危険な気配が感じられた。

「し、室長!?　おはようございます!!」

きちんと身なりを整えれば映画俳優のような渋いイケオジに化けるのに……

そんなことを考えながら敬礼する真白を無視して犬塚は京極の胸ぐらを摑んだ。

「おい……よくもハメやがったな……!?　何が期待の新人だ……!!」

「ははは……これから上官になる後輩がいるって言えば、君は素直に従ってくれたのかい？　そんなことより仕事だよ。仕事!!」

　そう言って京極は犬塚の耳元で囁いた。

「君の欲しがってた厄介な奴だ……」

　それを聞いた犬塚は胸ぐらを摑んでいた手をすっと解いた。

「ここで話す内容じゃない。執務室に行こうか……」

　そう言って京極は摑みどころの無い笑みを浮かべると、そそくさと執務室の方へと歩いていった。

「さて……君たちに担当してもらう案件だが……」

　そう言って京極はデスクに資料を放り投げた。

「実を言うと被害の詳細がさっぱりわからない……!」

　そんな京極に真白は目を丸くし、犬塚は大きな舌打ちをする。

「魔障反応は出てるんだよ？　それなのに被害者が見当たらない。魔障反応の周辺捜査でも、これといった怪しい家族や、虐待されてる風の児童も見当たらない……」

「たまたまその場を通り過ぎた悪魔憑きに魔障探知機《レーダー》が反応した可能性は？」

　真白の言葉に京極は首を振った。

「一回きりの反応なら僕もそう判断しただろうね。でも魔障反応は一度きりじゃない。しかも虐待特有のトラウマ波形もバッチリ出てる。これはおそらく突発的な虐待じゃない。非常にクレバーな悪魔憑きの仕業だよ……」

犬塚は投げ出された資料を手に取ってパラパラと中をめくった。

「資料は後で確認してくれ。それよりも今大事なのはこっちだ……」

そう言って京極は二人に一枚の書類を手渡した。

「今回のケースではトラウマの使用を一部許可する。公共の福祉に反しない範囲で……だ。それに合意出来るならサインしてくれ。特に賢吾《けんご》くん……分かってるね？」

京極は不満そうに顔を歪《ゆが》める犬塚を上目遣いに一瞥すると深く椅子に腰掛け直した。

「捜査の方法は君たちに一任する。本格的なバディでの初仕事だ。神の祝福があらんことを」

署名した用紙を京極に手渡すと二人は空き部屋に移動し広げた資料に視線を落とす。

「どこから手を付ける？」

犬塚が言うと真白は腕組みした片方の手で口を覆い資料の地図を睨みつけた。

「魔障反応があった地点はこの中学校の校区です。おそらく丸待《マルタイ》はこの中学校にいます……」

赤いペンで中学校に大きな丸印をつけながら真白が言った。

「何で中学なんだ？　根拠はあんのか？」

「根拠ならあります。被害者がいないからです。小さな子どもの虐待は親からの暴力に偏りがちです。肉体的虐待《アビューズ》なら周囲の大人が虐待に気づく可能性が高い」

「ほう……」

犬塚が資料を見つめる真白に目を細めると、真白は資料から目を上げ静かに言葉を紡いだ。

「被害者が見つからないということは、精神的虐待《アビューズ》の可能性が高い。それもトラウマ波形が出るほど強烈な精神的虐待《アビューズ》……考えただけでもゾッとします……それに……たとえ虐待を受けていても、子は親を庇《かば》うものです……おそらく丸待《マルタイ》自身も虐待されていることを巧妙に隠しているんじゃないでしょうか……？」

それを聞いた犬塚の顔にほんの一瞬だけ暗い影が差したが、やがて小さくため息をつき低い声を出す。

「それがガキってもんだ……悪魔みたいな親でも、くそみてぇな愛着があんだよ……」

真白は犬塚の目をまっすぐに見つめて頷いた。

「今回のケースは精神的虐待がすでに長期化している可能性が高いです……!!　すぐに出発しましょう……!!」


犬塚と真白は黒のビートルに乗り、魔障反応のあった住宅街の中を目的の中学校に向けて走っていた。

戦争とも災害とも呼ばれる地獄の七年間が残した物理的な傷跡はすでに皆無で、街は一見すると平和そのものに見える。

夏のパレードが近いためか、あちらこちらにポスターが貼られていた。義の太陽なるキリストを祝い、夏にはパレードを催すといのがすっかり日本でも定着したらしい。

夏至の最も高く上った太陽を合図に各地の町では市民が思い思いの仮装をし、列を成して街道を練り歩く。

熱に浮かされたような気配がすでに、アスファルトから立ち上る陽炎《かげろう》のように、ゆらゆらとこの町のことも覆いつつあった。

しかしこの街のどこかには確かに悪魔憑きが潜んでおり、今も狡猾《こうかつ》に獲物から生き血を啜《すす》っているのだと考えると世界は一気に胡散臭《うさんくさ》い気配を帯び始める。道を行く人々の誰もが何事かを秘め隠しているような気さえしてくるのだった。

人は誰しも見られたくない顔を隠すために仮面を被っている。

あるいはどうしようもない現実を笑顔で誤魔化し生きている。

透けて見える仮面の奥の本性は、大抵の場合気持ちの良いものではない。

夏至のパレードがこうもすんなりとこの国に受け入れられたのも、アポカリプス戦争の癒えぬ傷跡を誤魔化すための防衛機制なのかもしれない。

真白はそんな考えを振り払うように犬塚に声をかけた。

「先輩って車好きなんですか？　今時こんなレトロな車、簡単には手に入らないんじゃ？」

「……コイツは貰《もら》いもんだ」

ハンドルを握る犬塚は微動だにせず前だけ見つめて静かに答えた。

「へぇ……そうなんですか……」

なんとなくそれ以上踏み込まない方がいい気がして、真白は口をつぐむ。再び窓の外に視線を移すと、真白の目に商店の焼け跡が飛び込んできた。

「火事ですね……」

犬塚も気になったようで速度を落として焼け跡の前に車をとめると窓を開けた。カラフルなプラスチックが融けて絡まり合い、毒々しく不気味なオブジェを形成している。

壁に掛けられていたのであろう犬のお面は、顔の下半分が熱で溶けて縮れ上がっている。その痛々しい姿にも拘《かかわ》らず目元には元来の姿と変わらぬ無垢《むく》な笑みを携えていた。苦悶《くもん》をあげるべき状態とは到底釣り合わぬ、張り付いたような笑み。

「何も臭わない……」

犬塚はそれだけ呟くと、再び車を発進させる。

「待って下さい……!!　今回の事件と関連があるかもしれません……!!」

真白はそう言って振り返ると、ゆっくり遠ざかっていく焼け跡に目を細めた。

「何も臭わなかったって言っただろ……!?」

「わたしはまだ何も確認してません!!」

「時間の無駄だ……!　先輩に従え……!」

「上官はわたしです……!!」

睨み合う二人を乗せた車内に煤《すす》けた臭いが音もなく忍び込んでくる。

犬塚はその臭いに一瞬顔を顰《しか》めると無言でアクセルを吹かして車を加速させ目的の学校へと向かった。

ギスギスと気まずい沈黙を乗せた黒のビートルが来客用の駐車スペースに停車すると、窓から外を眺めていた数人の生徒がそれに気付き、ざわめきはすぐに学校全体に伝染していった。

車から降りるなり真白が犬塚に向かって呟く。

「先輩の車、捜査に向いてないいんじゃないですか？　目立ちすぎです……」

「うるせえ……こいつとリボルバーだけは譲れねぇんだよ……!!」

そう言って犬塚はずんずんと校舎の方へと歩いていった。

「先輩〝だけ〟の意味わかってますか……!?」

「うるせえ……早く来いよ!!　新米!!」

来客用の駐車スペースにはビートル以外にも数台の車が停《と》められていた。見ると窓から父兄と思しき数名がこちらを訝《いぶか》しげに睨んでいる。その中にいた色白の女と目が合い、真白は小さく頭を下げて会釈したが女はフイ……と顔を背けてカーテンを閉めてしまった。

そうこうする内に駆けつけてきた二人の男性教員に、犬塚と真白はロザリオを掲げてみせる。

「極東聖教会、魔障虐待対策室《ロスト・チャイルド》の犬塚だ」

「同じく魔障虐待対策室《ロスト・チャイルド》の辰巳《たつみ》真白です」

「ロスト・チャイルドというと……法王庁の……」

恰幅《かっぷく》のいい初老の男性職員は怯《おび》えを含んだ笑みを浮かべつつ、窓から覗く子ども達と父兄の集まる会議室に目をやってから声をひそめて言った。

「子ども達や父兄の方々の目もあります……詳しいお話は校長室で……」

男はそう言って二人を校舎の中に招き入れ、校長室へと案内した。部屋の中には土産物か何かの木彫りの仮面がいくつも飾ってある。

「申し遅れました。本校で校長をしております金沢《かなざわ》と申します」

「教頭の野津《のつ》です」

野津は丁寧に頭を下げた。

「凄《すご》い数の仮面ですね？　アフリカかどこかの物ですか？」

真白が尋ねると金沢は落ち着きなく頭を掻きながら答えた。

「え、ええ。これはバリのものです。私の趣味でして、子どもたちにも異文化に触れる良い機会かと思い、ここに飾ってるんです。夏至のパレードの時期には、生徒たちも自分で作った仮面を被って夏至祭を祝うんですよ」

「ちょうど明日が夏至祭なんです。生徒たち、夏といえば怪談だって言って不気味な仮面ばかり作るんです。学校としましてもキリストの義を説いてはいるんですが困ったものです……校長も以前は仮面は不気味だとか言ってらしたのに、バリ島に旅行に行ってからすっかりハマっちゃったんですよね？」

野津の言葉に苦笑いを浮かべて校長は申し訳なさそうに言う。

「間近で本物を被ったシャーマンの儀式を見れば野津先生も感激しますよ。それで早速ですが……どういったご要件で……？　うちに限って児童を虐待したりということは……」

「あんたらにも仮面にも興味はない。夏至祭が聖教会の教理に則《のつと》っているかもな……近くで魔障反応が出た。俺達は被害を受けてるガキを探してる」

「ちょっと……言い方……!!」

真白は肘で犬塚を小突いて言った。しかし金沢と野津は犬塚の言葉に安堵《あんど》の表情を見せて言う。

「なんと……！　そういうことでしたか……てっきり夏至祭が原因で我々の中に悪魔憑きがいると疑われているのかと……近頃は教師が悪魔憑きになって事件を起こすケースも増えてますからね……我々も神経をすり減らしてるんですよ。出来る限りの協力は惜しみません。札付きの悪が何人かいますよ。家庭環境も問題大有りの不良グループ。多分その中に目当ての生徒がいるんじゃないかと……ですが何卒《なにとぞ》穏便にお願いしますよ？」

不安とも不信ともとれるようなじっとりとした目で二人を見つめながら校長がそう言うと、真白は毅然《きぜん》とした態度でそれに応じた。

「ご安心ください。我々は児童虐待対応のプロです。児童に不安を与えないよう細心の注意を払います。それともう一点、今回の虐待は精神的虐待かつ、極めて陰湿で露見しにくい人物像が浮かび上がっています。不良少年はおそらくプロファイリングに合致しません。ヒアリングは当然行いますが、他に思い当たる生徒はいませんか？」

校長はやれやれといった様子で首を振るとため息交じりに答えた。

「なるほど、わかりました。他の生徒も考えてみます。ですが……祓魔師《エクソシスト》さんも一つ勘違いをなさっている。児童に不安を与えないとおっしゃいましたが、お二人の技量に疑問があるわけではないんです。そういった話ではないんですよ……考えてみてください。ロスト・チャイルドの捜査があったと保護者の耳に入ればどうなると思いますか？　間違いなく彼らは学校側の責任を追及してきますよ？　そうなれば、教育委員会まで出てきて事態は大事になる……近頃は教師の権限が少なくなり、かわりに保護者の声が大きくなりました。板挟みで正直苦労が絶えません……」

校長は深々とため息をつきながらくたびれた表情で言った。

「お察しします。ですがこの件には児童の人命が懸かっています。何か有益な情報があればご共有お願いしたいのですが？」

「ええ。もちろん協力は惜しみません、ですが、くれぐれも穏便に……！」

あくまで穏便な捜査を願う校長の姿勢に業を煮やしたのか、犬塚は犬歯を剝き出《むだ》しにして唸るように言う。

「あんた……ガキの命が懸かってるんだぞ？　悠長なことばかり言ってんじゃねえ！　それでも校長か!?」

その言葉が校長の気に障ったらしい。先程までの温厚そうな態度から一変して、金沢は唾を飛ばして叫んだ。

「失敬な……!!　こっちは協力すると言ってるじゃないですか!?　大体あなた達祓魔師《エクソシスト》だって、本当はまったく信用ならないんだ……!!」

「なんだと……？」

「噂によれば、祓魔師《エクソシスト》は悪魔憑きと大差ないと言うじゃないですか？　児童の安全と仰《おつしや》るなら、本当にうちにいるかどうかもわからない悪魔憑きより、まともな人間かも怪しいあなた達みたいな連中を、大事な児童を預かる学舎に入れることのほうがよっぽど危険じゃないんですか!?」

今にも立ち上がって摑み掛かりそうな犬塚を真白はなんとか引っ張って抑え込む。

「落ち着きなさい。犬塚弐級祓魔師《エクソシスト》……!!　金沢校長……部下が失礼いたしました。しかし先ほども申し上げたように、こちらは人命に関わる公式の捜査で来ています。捜査方法はこちらに一任されていることをご理解ください」

その言葉で校長の眉間がぴくりと動いた。声にならないノンバーバルが犬塚への明らかな敵意を訴えかけてくる。

それにも怯《ひる》まず真白が涼しい顔で校長を見据えていると、男は絞り出すようにこう言った。

「こちらも少々興奮してしまい申し訳ありませんでした……そちらの男性があまりに無礼なものでつい……とにかく……出来るだけ目立たないようにお願いしますよ……野津先生、誰か被虐待児童に心当たりはありませんか？」

「そうですね……それなら二年の宮部《みやべ》君がピンと来ました。ご両親のコミュニケーションの取り方にも少し問題がありますし……本人も周囲と孤立していますし……すぐに呼び出します」

「なるほど……悪魔憑きの両親の影響と考えれば、彼の難儀な性格も頷けますな……」

それを聞いた犬塚の眉間に、一瞬だけ深い皺が浮き出て消えたのが真白の目にとまる。

「呼び出しはいい……それより普段の様子が見たい。教室の場所を教えてくれ」

「きょ、教室に行くんですか!?　他の生徒達もいます。保護者の方々にも噂が広まる可能性がある……!!　つい今しがた校長が目立った行動はしないでくれと話したばかりじゃないですか!?」

慌てた様子で話す野津の言葉に犬塚はとうとうソファから立ち上がり、ポケットに手を入れたままローテーブルを挟んで二人に躙《にじ》り寄った。

「おい……二人揃って保護者のクレームがそんなに気になるのか？　言っとくが生徒が悪魔憑きに殺されてからじゃ、何を言ってももう遅いぞ？　今ならてめえらの頭を保護者様に下げるだけでガキの命は助かるんだ……！　ガキの命と体裁、どっちが大切か答えてみろ……!!」

「そ、それは……」

犬塚の気迫に怯えて口ごもる二人に真白が助け舟を出した。

「他の生徒に心理的な圧が生じないよう、あらぬ噂が立たぬよう、こちらも細心の注意を払います。先ほど申し上げた通り、我々はプロですのでご心配には及びません。ね？　犬塚先輩？」

犬塚は真白の言葉に舌打ちすると、荒い声で言い放つ。

「そういうことだ……さっさと二人の居場所を教えろ……!!」

二人は教えられた教室に向かって階段を上っていた。

校長はなんとか二人に付き添おうと粘ったが、最終的には犬塚の恫喝《どうかつ》まがいの台詞に竦《すく》んで教頭と二人校長室に取り残される運びとなった。

どうやら今は昼休みのようで先程から数名の生徒達が軍団を作ってこちらを遠巻きに見物しては去っていきを繰り返している。

その目はどれも溢れんばかりの好奇心とわずかな怯えが綯《な》い交《ま》ぜになった煌《きら》めきがを宿していた。数名の女生徒達が廊下の奥で犬塚を指さし、黄色い悲鳴を上げて逃げていくのを目撃すると、真白はニヤニヤしながら犬塚の顔を覗き込んで言うのだった。

「犬塚先輩、人気者ですねー？」

そんな真白に犬塚は顔色一つ変えずに言い返す。

「アホか。ガキどもが見に来てるのはてめぇのその短いスカートの中身だ」

「はあ……!?」

思わず真白は大声を上げた。その声で通りがかりの生徒が数名振り返ったので真白は慌てて声を潜めて言った。

「なんですかいきなり!? セクハラですよ!?」

「勘違いするな! 俺は興味ねえ。さっきも階段の下から、悪ガキどもが覗いてたぞ」

「何で言ってくれないんですか!?」

時すでに遅しだったが真白はスカートの裾を押さえて再び叫んだ。

「わざわざ現場にそんな格好で来るんでそういう趣味かと思ったんだよ」

「違います!! これはわたしの対魔障戦術上、スカートとストッキングが一番効率的なだけで……ちょっと……!! 話聞いてます!?」

教室の扉を開く犬塚の背中に向かって真白は叫んだが、犬塚は何も答えず教室へと姿を消した。

しかしその口元がほんの少し笑っているのに目ざとく気づいて、真白は拳を固く握る。

大きく深呼吸して息を整えた真白が教室に入ると、犬塚はすでに男子生徒達の輪の中心で楽しげに何やら話していた。

夏至祭に向けて飾り付けられた教室の壁には色とりどりの仮面が掛けられていて、太陽が高く昇るのを今か今かと待ち構えている。

「すげぇ……!!　本物の銃……!?」

「おう。撃ってみるか？」

「いいんですか!?」

「駄目に決まってんだろ」

犬塚の言葉にゲラゲラと男子達の笑い声が巻き起こる。

ほとんどの生徒が犬塚に注目する中、その輪に加わらずに机に向かう少年が二人だけいた。

参考書に向かって自習する少年ともう一人、ボールペンを忙《せわ》しなくカチカチと鳴らしながら爪を嚙む少年。

あの子が宮部くん……

真白はボールペンを鳴らす少年を見据えると、チラリと犬塚に目をやった。

それに気づいた犬塚は小さく頷き、少年たちをさり気なく窓際に誘導する。少し静かになったことを確認すると真白は宮部の席に向かい声をかけた。

「君は銃を見に行かないの？」

宮部は真白を見上げると口角を上げてから静かに口を開いて言った。

「人は誰もが本当の自分を隠して生きてるんだ」

「本当の自分？」

真白は表情を変えずに椅子に座ると宮部の方を見て答えた。すると宮部はにやりと笑ってゆっくり首を上下させる。

「ペルソナだよ。偽りの仮面。自分が持つ願望や恐怖を反映した仮面を被って人は生きてる。本当の自分は仮面の下に隠れて、見つかるのを恐れてるんだ。僕にはそれが見えるんだよ！」

「なるほど。でも本当の自分が誰か僕を見つけてって、仮面の下で泣いてることもあるんじゃないかな？」

それを聞いた宮部の顔から一瞬笑みが消えた。

しかし彼はすぐにもとの笑みを浮かべ頷きながら言う。

「そうかもね。でも彼らは本当の自分を見て欲しいわけじゃない。見て欲しいのは強くて無鉄砲な自分っていう仮面の姿さ。僕はそんなのに興味がないだけだよ……」

その時宮部の机の中に、奇妙なものが入っていることに真白は気付いた。暗がりから人間の毛髪が垂れ下がっているように見える。

髪の毛……？

宮部はハッと真白の視線に気がついて得体の知れないナニカを机の奥に押し込んでしまった。

不穏な空気が二人の間にじわじわと滲み出して言葉が何処かに霧散する。

先程までの友好的な笑みは消えて、少年は怯えたように真白を睨みつけていた。

カチカチ……

カチカチ……

カチカチカチカチカチカチカチカチカチカチカチカチカチカチ
カチカチカチカチカチカチカチカチカチカチカチカチカチカチ
いつしか宮部の緊張を表すボールペンのノック音だけが、二人の間にくっきりと横たわっている。真白がそれに呑まれまいと言葉を発しようとしたその時、休み時間の終わりを告げるチャイムが校内に鳴り響いた。

ガラガラと音を立てて教員が入ってきたことに気付き二人は教室を後にする。

「どうだった?」

セブンスターに火を点《つ》けようとする犬塚からタバコを取り上げて真白が答える。

「たしかにユニークな子ではあります。それに何かを隠している様子もありました……でも魔障虐待を受けている確証はありません。それと校内は禁煙です!」

真白の手の中に収まったタバコを恨めしそうに睨みながら犬塚は舌打ちした。

「そっちはどうでしたか? 何か有益な情報は?」

没収したタバコをポケットにしまい、真白が尋ねる。

「何もねぇよ。祭に浮かれて空騒ぎする健康優良児どもだ。気になる様子は無かった」

犬塚がそう言って廊下の窓から身を乗り出すと、校舎裏にたむろする数名の生徒の姿があった。

「おっ……さっきの悪ガキどもだ」

それを聞いた真白は一瞬動揺しかけたが、気を取り直して階下に視線を送る。

なるほど、いわゆる不良少年たちの姿がそこにはあった。

成人誌と思しき雑誌を囲んで、ゲラゲラと下品な笑い声を上げている。

汗ばむ太陽の下でエロ本を囲む少年たちは、ある意味ではとても健全なのかもしれない。

「おい……！　真っ昼間から授業サボってエロ本読んでんじゃねぇよ！」

犬塚は少年たちに大声で言った。

すると彼らはびくりと肩を震わせこちらを見上げる。リーダーらしき少年が何か言い返そうとこちらを睨んだが、視線の先にいたのは見知った教師ではなく、黒いスーツに身を包んだ狂犬だった。

しかし緊張を見せたのは一瞬だけで、再び少年たちはゲラゲラと笑い始める。両手の中指を立てながらヘラヘラと手を振ると、少年たちは気怠《けだる》そうにどこかへ去っていった。

「もう……!!　逃げちゃったじゃないですか!?」

「いいんだよ。下手《したて》に出てもああいう奴らは調子に乗るだけだ。ビビらすくらいがちょうどいい」

「それ本当なんですか……？　あっ……!!　たいへん……!!」

真白は犬塚を探るように目を細めていたが、ふと時計に目をやり大声を出した。

「緊急事態です……!!　急いで下さい……!!　犬塚弐級祓魔師《エクソシスト》……!!」

「は!?」

そう言って駆け出した真白の後を犬塚は理由もわからないまま追いかけた。

真白はビートルのドアを開けて中に乗り込むと、急いで犬塚も運転席に乗るように身振りで指示を出している。

何事かと訝しがりつつも犬塚は車に乗り込みエンジンをかけた。

「おい……!!　いったいどうしたってんだ!?」

「説明は後です……!!　急いでこの住所まで……!!」

真白が地図データを犬塚の端末に送ると、犬塚は渋々目的地に向けて車を発進させた。

「おい……壱級祓魔師《エクソシスト》殿……一体これはどういうことか説明して頂きたいんだが……?」

ノスタルジックな喫茶店の前に立ちすくみ、顔を引き攣《つ》らせた犬塚が呟いた。

赤と白のストライプ柄のタープが張られ、飴《あめ》色のアンティークガラスの窓の前には鉢植えが並んでいる。

何度もオイルステインを塗り直して手入れしてきたのが分かる古い木のドアには『オープン』の札が真鍮《しんちゅう》のチェーンでぶら下がっていた。

「アポカリプス戦争を生き残った本物のアンティークなんです……!　ここのランチは全国の

アンティークファン達に大人気なんですよ!?　二時までには売り切れるそうです。危ういところでした……」

「悪魔憑きが潜んでるのに呑気《のんき》に飯食ってる場合かよ……!?」

「その点は心配ないかと思います。今日学校を休んでいる生徒はすでにチェック済みですし、どの家からも魔障反応はありませんでした。そうなると丸待《マルタイ》は現在学校にいることになります。キリストも安息日に弟子たちと麦を摘んで食べましたし、わたし達も食べれる時に食べておかないと！」

犬塚はそれを聞いてぴくりと眉間に皺を寄せた。

「それに、こういう諺《ことわざ》もあります！　〝飯食ってバディ固まる〟ってやつですよ！」

「別に上手《うま》くもねえ……」

諦めたように項垂《うなだ》れる犬塚と、るんるんとご機嫌な真白が扉をくぐると、カラカラと来店を告げるベルが鳴り響く。

清浄な音色が古いマホガニーの家具やダークブラウンの床板に染み渡ると奥から店員が顔を出し二人は息を呑んだ。

人間の体軀に牛の頭部が乗っている。

ミノタウルスのような姿に声を失う二人に気づき、店員は慌ててマスクを脱ぎ捨てて謝罪した。

「すみません！　驚かせちゃって！　この地域は畜産で成り立ってるので、夏至祭の時には謝肉祭もかねて動物のお面を被るんです。初めてだとびっくりしますよね？」

そう言って店員が指差した先には『夏至の謝肉祭！　生命のフェスティバル！』と書かれたポスターが貼られている。

ポスターにはリアルな鶏や豚、牛のマスクを被った人々がずらりと並び、一様にこちらを見据えていた。

「町全体で動物のお面を被る夏至祭はうちしかなくて、他所《よそ》からも見物の人が集まるんですよ？　てっきりお客様も夏至祭目当てかと」

「いえ……わたし達はたまたま仕事で寄っただけなんです。でも凄いですね」

「ええ！　時間があればぜひ見物していってくださいね！　商店街ではフィナーレの花火もありますから！」

それから二人は窓際の席に案内された。コーヒーの木の鉢植えの陰になるようなその席は、周囲からの目も気にならずとても居心地が良い。

「畜産が有名なだけあってローストビーフがおすすめらしいですよ！　わたしはローストビーフ丼……！　先輩は何にしますか？」

レトロな字体のメニューを楽しげに眺めながら真白が尋ねた。

犬塚はメニューにチラと目をやっただけですぐにパタンとメニューを閉じてしまった。

「お決まりですか？」とウェイトレスが注文を取りに来る。

「私はローストビーフ丼を。先輩は……」

「サンドウィッチだ……」

「ローストビーフサンドでよろしかったですか？」

ウェイトレスが明るく尋ねると、犬塚は頭を振って言った。

「いや……ハムサラダサンドを頼む。あと珈琲をくれ」

「かしこまりました」

ウェイトレスが去り、沈黙が残った。

どこか様子のおかしい犬塚に、真白はおずおずと尋ねてみる。

「公私混同してすみません……怒ってますか？」

それを聞いた犬塚はフッと鼻を鳴らし笑い窓の外に目をやった。

「なんだ？　しおらしい態度も取れたのかよ？」

「いえ……犬塚さんの様子がいつもと違う気がして、怒ってるのかと……」

「そんなんじゃねえよ」

犬塚は灰皿を取るとセブンスターに火を付けて強く吸った。ジジ……とタバコの焼ける音がしてゆらゆらと白い煙が天井辺りにまで上っていく。

「お待たせいたしましたー！」

その時明るい声を響かせてウェイトレスがローストビーフ丼の載ったお盆とハムサラダサンドと珈琲の載ったお盆を持って戻ってきた。

艶やかなピンク掛かった赤身のローストビーフには玉ねぎのみじん切りが見え隠れする醬油《しようゆ》ベースのソースがかかっており、こんもりと膨らんだ丼の中央に添えられた卵黄が魅惑的な橙《だいだい》色の輝きを放っている。

「うわー！　美味《おい》しそう……!!　やっぱり来てよかった……」

思わず独り言《ご》ちた真白の向かいでは、どう見てもローストビーフ丼よりも質素なハムサラダサンドがコト……と音を立ててテーブルに置かれる所だった。

みずみずしいレタスとレースのように重ねられたハムは立体的で、間に覗くオレンジ色のチェダーチーズがとても美味しそうではあるのだが、ゴージャスなローストビーフ丼を前にするとどうしても見劣りしてしまう。それを見た真白はなんとなく負い目を感じて犬塚に提案した。

「先輩！　せっかくだしシェアしませんか？　ここ、ローストビーフが有名みたいなんですけど、サンドイッチも凄く美味しいらしくて、わたしも食べてみたいなーなんて……」

それを聞いた犬塚は目を丸くして真白を見つめると、苦笑いしながら口を開いた。

「すまねえ。気を使わせちまったな。苦手なんだよ……肉汁の滴ってる肉が……それと、好きなんだよ」

「はい？」

「だから……好きなんだよ。サンドウィッチが……」

犬塚はそう言ってサンドイッチを頬張ると、窓の外に視線を移した。


ぎぃこぉ。ぎぃこぉ。

鋸《のこ》引く音が響く部屋に、啜り泣くような声がする。

ぬっとん。ぬっとん。

肉を捏《こ》ねる音に紛れて、嗚咽のような声がする。

嗚呼泣かないで。愛しい子。

もうすぐご飯にしますからね……


晴れ渡った聖日の昼下がり、小さな会堂の庭には多くの人が集まっていた。

初夏の明るい日差しを受けて、きらきらと乱反射する鳳蝶《アゲハ》の羽に目を留める者はない。炊き出しを受け取って足早に去っていく人々の背中を見送りながら、神父は胸の前で手を合わせ小さな祈りを天に捧《ささ》げる。

……主よ。彼らの日用の糧を今日も与え給え……

シン。と静まり返った会堂の庭へ神父が振り返ると曲がった檸檬《れもん》の幹の陰に、少年の姿を認めて足が止まる。

固まる少年の顔にうっすらと浮かぶ怯えに気が付き、神父は表情を崩して自身から漏れ出る緊張を解いた。

「やあ。どこの子かな？」

少年はなおも張り詰めた空気を身にまとって檸檬の幹を抱えるようにして立ち竦んでいた。

「わたしはここで神に仕える神父だよ」

さらに一歩近づき声をかけるも、少年は目を逸らすようにして俯《うつむ》いてしまう。

……樹木の影のせいだろうか……？

まるで少年の輪郭に纏わりつくようにして、暗い影が揺れ動いた気がして、神父はそこから少年を連れ出そうと「おいで」と手招きしてみせる。しかし少年は微動だにしない。

躊躇《ためら》うように視線を下げた少年を残して、神父はスタスタと会堂の中に入っていってしまった。

……行ってしまった……

後悔の苦味が少年の口内に広がると同時に、頭蓋の奥にまで染み渡った声無き慟哭《どうこく》が少年を苦しめ始めた頃、自身を覆う影がいっそう深くなった。

「お腹は空いてるかな？　良ければわたしのサンドウィッチを一緒に食べましょう」

見上げると太陽のフレアを遮るようにして籐籠《とうかご》のランチボックスを提げた神父が立っていた。

差し出された手に縋るようにして、少年はほっそりとした腕を伸ばし神父の手に触れる。

誘われるように抜け出した木立の上方には初夏の太陽が皐月《さつき》の空に浮かぶ雲を白々と照らしており、燦々《さんさん》と降り注ぐ太陽が少年の目を焼いた。

思わず手で覆った後も、網膜にこびり付いた残像が、崩壊と再生を繰り返しては幾何学模様を映し出す。

ゴシゴシと目をこする少年を見た神父は柔らかな表情を浮かべて言った。

「急に明るい所に出たから、光に目が眩んだんですね」

会堂の壁に塗られた剝げかけの白いペンキまでもが光に膨張してぼやけて見える。

少年の目に映る世界は何もかもが眩《まぶ》しすぎて思わず再び足が止まりそうになったが、神父はそっと手を引いて庇《ひさし》の下に据えられた木のベンチまで歩いていく。

やっと陽《ひ》の光から逃れた少年は、いまだ焼けてぼやける視界の中に初めて神父の顔を見た。

銀縁の小ぶりな丸眼鏡の奥に浮かぶ、温かいけれど何もかもを見透かすような透き通った目。

おでこの上に張り付くように生えた、切りそろえられた短い黒髪。

司祭平服《キャソック》で覆われたがっしりとした身体つきに見入っていると、神父はサンドウィッチを差し出して微笑んだ。

「あなたもたくさん食べれば、いずれ大きくなりますよ」

少年は慌てて目を逸らすと、小さく一度だけ頷いた。

手渡されたサンドウィッチには、みずみずしいレタスとチーズ、そして真っ赤なトマトが挟んである。

黙ってサンドウィッチの断面を見つめる少年の隣で、神父は手を合わせて口を開いた。

「愛する主よ。今日こうしてこの少年と出会わせてくださったことに感謝します。ともにサンドウィッチを食べられる恵みに感謝します。イエスの御名《みな》によりて……アーメン」

呆気《あっけ》にとられてそれを眺める少年に向かって神父は笑いかけた。

「今のは神に捧げる感謝の祈りです。あなたと今日出会えたことも、こうしてサンドウィッチを食べられるのも、神の御恵《みめぐ》みの中で起きたことなんですよ?」

再びサンドウィッチに視線を移して固まった少年の隣で、神父はサンドウィッチを頬張った。

「うん……美味《うま》い! さあ、あなたもお食べなさい。足りなければお代わりもあります。遠慮はいりません」

ムシャムシャと音を立ててサンドウィッチを食べる神父の隣で、少年も恐る恐るサンドウィッチに口を付けた。

噛み締めたサンドウィッチからトマトの果汁がじゅわりと染み出した。

シャク……

噛み締めたレタスの食感で犬塚は我に返った。

向かいの席では不安げな顔で真白がこちらを覗き込んでいる。

「先輩、大丈夫ですか……？　やっぱり少し変ですよ……？」

その不安を映し出すかのように窓から差し込む陽光が分厚い雲に遮られ、店内の影がじわじわと伸びていく。やがてそれは真白にも覆いかぶさって、顔のトーンを一段暗くした。その顔はどこか別人のようにも見える。

無理もない……コイツも祓魔師《エクソシスト》である以上、十字架を背負ってることに違いはねえ……犬塚の脳裏にそんな考えがふと浮かび上がった。まるでそれを振り払うかのように犬塚は小さく頭を振って真白に告げる。

「少し……いや……なんでもねえ……」

犬塚は言葉の続きをサンドイッチとともに呑み下すと、おもむろに喫茶店の隅に置かれたブラウン管のテレビへと視線を移した。

「まさかテレビがブラウン管とはな……ああなってくるとアンティークを超えて骨董品《こっとうひん》の域じゃねえのか？」

「まったくですね。よく無事に生き残ったものです」

ノイズ混じりの解像度の低い画面にはお昼のニュースが流れている。何気なく二人がそれを眺めているとキャスターのもとに新たな原稿が手渡された。

「今飛び込んできたニュースです。連日火災に見舞われている舞乃原《まいのはら》市の繁華街で、新たな火災が発生した模様です。警察は一連の火災の関連性を現在も調査中で、連続放火の可能性が極めて高いと声明を発表しました。現場では現在も消火活動が続けられているとのことです」

火災現場の映像に画面が切り替わり、昼間の繁華街に黒煙が立ちこめる様子が映し出された。映像を見る限り、どうやら雑居ビルの一階が火元になっているらしい。

「また火事ですね……」

「ああ……」

真白が感情の読み取れない声で呟くと犬塚も低い声でそれに応じた。二人はどちらからともなく立ち上がり、再び聞き取りを行うべく件《くだん》の中学校へと舞い戻る。二人を乗せた車が校門を通り過ぎようとした時、ちょうど昼間の不良グループがぞろぞろと群れをなして帰ってくるのが目に留まった。

不良少年たちを目にするなり、犬塚は意地悪く口角を上げて誰に言うでもなく呟いた。

「はっ……ちょうどいい。さっきは尋問し損ねたからな。あいつらにも話を聞いてみるか」

「ちょっと！　尋問って言わないでください。誤解されちゃうじゃないですか!?」

横目で睨む真白を無視して犬塚は車をUターンさせると再び校門を通過した。黒塗りのビートルがノロノロと迫ってくるのに気がついた少年たちは互いを指さしながらその場に立ち止まっている。

「よう？　どこ行ってたんだよ？」

窓から腕を突き出して犬塚が言った。先程の仕返しと言わんばかりに犬塚は低い声で言う。

それを聞いた少年たちは一瞬固まったが、やがてヘラヘラと笑いながら生贄《いけにえ》となる少年を前に突き出した。

「おっさんには関係ないじゃん？」

前に出された少年はポケットに両手を入れたまま片足に体重を乗せて言った。

「おっさんじゃねえ。俺は犬塚だ。笑ってるってことは面白いことでもあったのかよ？」

「はあ？　別に無いっすよ」

相変わらずヘラヘラしながら言う少年を見据えて、犬塚が少し低い声で問いかけた。

「そうかよ。じゃあ……何がおかしいんだ……？」

犬塚の座った目を見て、生贄の少年はゴクリと息を呑んだ。

その緊張が伝わったらしく、後ろの仲間達の表情からもヘラヘラした空気が消えている。

〝ビビらすくらいでちょうどいい〟ってほんとなんだな……

真白が犬塚の言葉を思い出して、密《ひそ》かに感心していると、リーダー格らしき少年が犬塚の前に出て来て口を開いた。

「笑うのに意味なんてねえっしょ……？　俺等《おれら》は笑うのも駄目なんすか……？」

「勘違いすんな。何に笑ってんのか聞いてんだよ。俺がいつ笑うなって言った？」

それを聞いたリーダー格は顔を顰めて考えてから、再び口を開いて言う。

「なんも面白いこととか無いんで……学校も親もクソみたいなもんなんで……とりあえず馬鹿やって笑ってるって感じっすよ……」

投げやりな言葉だった。

諦めを宿した冷めた言葉だった。

真白は何か言おうと思ったが、言葉が浮かばない。

笑う彼らを見て健康的だと思った自分が馬鹿に思えてくる。

アポカリプス戦争後のこの世界で不良をしている。その時点で問題を抱えていないわけはない。

見た目が元に戻っただけで、戦争の傷は癒えてなどいない。

国は威信を保つために、モルタルと科学で傷跡を覆い隠しただけ。

コンクリ詰めにされて膿《う》んだ傷跡こそが、魔障虐待の温床でありこの世界の抱える病理の一端であるはずなのに、それを扱うはずの自分がそのことを真には理解《わか》っていなかった。

投げ捨てられた少年の言葉が、じくりと真白の胸に刺さる。

そんなことはお構いなしに少年はなおも口を開いた。

「犬塚さんはなんで俺等に話聞くんすか……？　俺等が不良だからっすか……？」

「あ？　お前らだけじゃねえよ。学校の奴ら全員に話を聞いて回ってる」

「何の話っすか……？」

犬塚は小さく溜息をついてから親指で真白を指さしながら答えた。

「俺達は祓魔師《エクソシスト》だ。虐待されてるガキを探してる。お前ら誰か心当たりはねえか？」

真白の存在に気づいた少年たちはヒソヒソと囁き合い色めき立った。

先程まで後ろで控えていた少年たちも、ぞろぞろと前に進み出て口々に言う。

「虐待なら、俺等みんなされてるっす！」

「ああ……傷が痛い！　タイツのお姉さんに癒やされてぇ！」

「犬塚さんって彼氏っすか？」

「違います」

顔を引き攣らせて大真面目に受け答えする真白を背に犬塚はニヤニヤしながらタバコを取り出したが、不意に苦みのある臭いを嗅ぎ取りその表情がスッと冷めたものに変わった。

「おい……お前ら火事現場に行ったのか……？」

その言葉を聞いた途端に不良少年たちはピタリと笑うのをやめ、水を打ったように静かになった。誰もが犬塚と目を合わせないように俯き息を殺して声を発しようとしない。そんな中、再びリーダー格の少年が覚悟を決めたように犬塚を睨みつけた。

「だったらなんなんすか……？　やっぱり俺等を疑ってたんすか……？」

沈黙の中、子どもらしからぬ圧を発して言う少年の目を真っ直《まっす》ぐ見据えて犬塚は黙っていたが、しばらくすると表情を緩めて鼻を鳴らした。

「疑ってねえよ。繁華街で遊んでただけなんだろ？　ゲーセンとキャラメルポップコーンの臭いがする」

「……」

押し黙ったリーダー格の少年を犬塚はふたたび手招きした。訝しがりながらも近づいてきた少年の首に腕を回し犬塚は告げる。

「ビビらせて悪かったな。さっきも言ったが俺達は放火犯を探してるわけじゃねえ。俺達が探してるのは虐待されてるガキだ。お前らみたいにキツイ思いをしてる奴を助けるのが俺の仕事だ」

「別にキツくないっすよ。慣れたんで」

犬塚の腕を振り払いながら少年は意地になったように語気を強めたが、犬塚はそんな少年の手を摑んで言う。

「俺もお前らと同じだ。親父のことで困ったら俺に相談しろよ？　いいな？」

それを聞いた少年たちは咄嗟に驚いた顔で犬塚を見つめた。リーダー格の少年も顔を引き攣らせながらも声を絞り出して言う。

「はあ？　……何の話っすか……？　意味わかんねえ」

「強がってるが左足の付け根を庇ってる。身長差のある奴から右のローを喰《く》らった時になる歩き方だ……年の離れた兄貴かとも思ったが兄貴なら顔を殴るわな。それに仲間を庇った時、お前は自分が犠牲になるみたいな面しやがった。あれは普段から誰かを庇ってる奴のする顔だ……」

少年の肩を叩《たた》くと犬塚は車を発進させようと腕を引く。すると今度は少年が犬塚の腕を掴んで口を開いた。

「一人……気になる奴がいます……」

そう言ってリーダー格の少年は静かに、〝ある少年〟について話を始めた。

「俺達、今は五人でつるんでるんすけど、前までもう一人、アキラって奴がいたんすよ……」

「アキラ……？」

「……アキラは家が金持ちで、小学校の頃から塾に行ってたんす。でもアイツ……親に無理やり行かされてたらしくて、家に帰りたくないからって、俺等と一緒に徘徊《はいかい》するようになったんすよ……」

†

夜の街を自転車に乗りながら、意味もなく笑う少年たちが群れをなす。

誰も彼らのことを気に留める者はない。

気にするとすれば、自らに害をなすかどうかという一点だけで、叱る者もなければ、当然心配して声をかける者もいない。

そんな無関心に慣れ切った彼らに呼ばわるものが現れる。

「ねえ！」

コンビニの明かりの届かない暗がりから突然誰かが呼びかけた。呼びかけられた少年たちが警戒心を滲ませながら声の方をじっと睨むと、そこには同い年くらいに見える身なりの良い少年が自転車により掛かるようにして立っていた。

「何だよお前？　俺等になんか用かよ？」

蘇我《そが》は取り巻きを置いて一人前に出て言った。舐められないようにできる限り強がったが、思いがけない状況に心臓はどくどくと脈打っている。

「これあげるよ」

そう言って同い年くらいの少年は何かが入ったビニール袋を手渡した。訝しがりながら中を覗くと流行《はや》りのカードゲームが大量に入っている、しかもどうやら未開封らしい。

「いいのかよ……？」

取り巻き達も興味津々で蘇我に近寄ってくると袋の中身を見て声をあげた。

「うおぉお!?　最新のパックじゃん!?　くれんの!?」

「おい……!! 勝手に取るな……!!」

蘇我は袋に伸ばされた手を叩いて怒鳴ると、少年の方に向き直って言う。

「何でくれんだよ? お前一組の奴だろ? 何企《たくら》んでんだよ?」

「すぐに分かるよ! それよりさ! 今からどこ行くの? 僕も連れてってよ!」

「お前を? 何でだよ?」

蘇我が眉を顰めてそう言うと、取り巻きたちもそれに追従した。そんな彼らに向かって少年は慌てる様子もなく言い放つ。

「連れて行ってくれるならそれ全部あげる。でも連れて行ってくれないなら、蘇我達にそれ盗《と》られたって先生に言うから!」

「はあ!?」

「二者択一方っていうんだよ。すぐ分かるって言ったろ? 君たちは断ることは出来ないってこと! 僕はアキラ」

蘇我はアキラをじっと見つめてからボソリと言った。

「僕アキラってダサすぎだろ……俺等とつるむなら僕はやめろ。俺等まで舐められる」

それから蘇我達はアキラとつるむようになった。

教区の狭間《はざま》に残る廃屋にザリザリと数人の足音が響き、懐中電灯の頼りない明かりが数本揺れていた。

人の気配は無い。あるのは溝鼠《どぶねずみ》や節足動物のカサカサというざわめきだけ。

しかしどうにもそれ以上のナニカが潜んでいるような冷たい肌触りがする。戦争の傷跡が色濃い教区の外は、いまだに復興が進まず、ならず者と悪霊どもの棲家《すみか》になっているという。

文明と暗闇の狭間に位置するこの場所なら、ナニカがいても不思議はない。

ホームレスでも住んでいたのだろうか？

襤褸襤褸《ぼろぼろ》の毛布と空の瓶を照らしながら少年たちは顔を見合わせた。

その時誰かが床に転がるバケツを蹴飛ばして、酷い騒音がコンクリートに木霊した。

少年達は薄れゆく残響に耳を澄ませて固まっていたが、やがてアキラはゲラゲラと声を上げて笑い始めた。

「うわダサ……！　俺ダッサ……！　マジでビビった！」

アキラが言うと、周りの者達もいつもの調子を取り戻したようだった。

「それな！　でもビビる必要なくね？」

「マジでそれな！　もはや死ぬのは怖くない的な！」

「殴られるより幽霊の方がまだマシっしょ？」

少年達は笑いながら口々に言った。現実の虚しさをかき消すような笑い声が廃屋に響く中、声にならない亡者の啜り泣く声もまた、誰の耳に入ることもなくひっそりと響いていた。

アキラはいつもヘラヘラと笑っていたが切れ者だった。色んな悪さを考えては蘇我達に入れ知恵した。

それでも決してリーダーの蘇我より偉そうに振る舞うことはなかった。中学に上がる頃には校区から離れたコンビニに足を運んでは実行犯と囮《おとり》の役の二手に分かれて万引きをして、教区の狭間にある心霊スポットに戦利品を持ち込み盗んできた葡萄汁やタバコを楽しんでいた。

いつしか蘇我達にとってブレイン役のアキラは無くてはならない存在になっていたし、アキラが他の誰かとつるむ様子はなかった。

学校では優等生として教師から信頼されており、身なりからしても明らかに自分たちとは家柄の違うアキラが、なぜ自分たちと一緒に悪さをするのかが蘇我には不思議でならなかった。

そこである日蘇我はアキラにしこたま葡萄汁を飲ませて話を聞いてみることにした。

「なあ。お前なんで俺達といんの?」

「俺も不思議だったんだよ!」

「ええやん!? ええやん!? カミングアウト大会ええやん!?」

なぜかノリノリの仲間たちを前にアキラが言う。

「ええ……!? 今!? 何故《なにゆえ》!? それより彼女欲しいー」

アキラはのらりくらりと話題を変えようとしたが蘇我はそれを許さない。

「女の話はいらね。じゃあ……お前から！」

アキラの意見を無視して蘇我は仲間の一人を指名した。少年は自分のことを指さしておどけながら咳払《せきばら》いをすると話を始めた。

「ええ……では！　実家の暴露大会……僭越《せんえつ》ながら一番手いかせてもらいまっす……！　うちはババアが最悪です！　男作って出ていって、ほとんど家に帰ってこねえし、金も無いっす！　親父《おやじ》はちっちゃい頃に死んだから顔も覚えてませんっ！」

仲間たちがパチパチと形ばかりの拍手を送ると、次の者が手を挙げる。

「ハイハイハイ！　次俺な！　うちは親が蒸発していねえから親戚に引き取られたんだよ！　いっつも邪魔者扱いされてムカつくから二個上の馬鹿をシメたら全員で俺を無視するようになりましたー！」

仲間たちもそんな話は知らなかったようで真面目な顔で疑問を口にする。

「飯どうすんの？」

「勝手に冷蔵庫からパクるに決まってんしょ？」

「食うもんなかったら？」

「だから万引きしてんだろうが!?　つか蘇我っちはどうなんよ？」

お鉢が回ってきた蘇我も、あぐらをかいたまま話を始めた。

「俺ん家《ち》は母ちゃんの再婚相手が最低のクズ野郎……格闘家崩れの反社ですぐ殴るし、働かねえし、愛人もいる……母ちゃんはあいつに言われるままに風俗で働いてる……それで性病だし鬱だし、すぐ発狂して意味わかんねえこと喚《わめ》くし地獄だな。そのくせ母ちゃんはあいつの肩ばっか持つし、庇うし、マジで意味わかんねえよ！　全部あのクズのせいだ……あいつはいつかゼッテー俺がぶっ殺す……」

蘇我から滲み出す殺気を察知して仲間たちは蘇我をなだめにかかったが、蘇我は怒りの勢いそのままにアキラに話を振って言った。

「で!?　アキラはどうなんだよ!?」

初めは渋ったアキラだったが、悪友達が次々と自分の家庭に渦巻く惨状を暴露したので、とうとう硬い口を割って話しだした。

いつものようにヘラヘラと笑ってはいるが、その目はどこか虚《うつ》ろで仄暗《ほのぐら》い。

「うちは……機能不全家族なんだよ……母親は自然派か何か知らないけど、独善的で宗教みたいな教育方法の信者だし、父親も一流一流って煩いうえに自分の気分で折檻《せっかん》するんだ」

「折檻って何？」

「体罰だろ？」

「それなのに外面だけは御立派で、周りは誰も本当の俺のことなんか見ちゃいない。親だってそうだよ。俺みたいになれって父親は言うけど、あんな生き方……反吐《へど》が出るね。母親もやれアキラくんのためだ、アキラくんが全てだとか言うけど、自分の理想を叶《かな》えたいだけなんだ。

周りは素敵な母親だとか言って褒めそやすけど、俺からすれば自己愛性人格障碍《じこあいせいじんかくしょうがい》だよ。うちは……中世ヨーロッパの貴族みたいに、外面《そとづら》だけはご立派で下品な本性を覆い隠してる……仮面家族だ」

「……」

少年たちは何となく自分たちとは別の世界の住人だと思っていたアキラが、本当は自分たちと大差ないハミダシモノで居場所の無い存在なんだと分かってどこか嬉しくなった。蘇我はアキラと向かい合うようにしてあぐらを組むと、まっすぐにアキラの目を見て言う。

「お前も俺等と一緒だな！」

「みたいだな！」

どうにもならない現実を誤魔化すように少年たちは声を張り上げる。笑い声をあげる。

悲しみを直視しないで済むように。

どん詰まりの現実に直面しないですむように。

経験も知恵もなく、大人に頼る方法も知らない彼らに出来る、それが精一杯の足掻《あが》きだった。

そこにあるのは奇妙な一体感で、誰もが傷の舐め合いなのは承知の上だったし、身の上話をしたところで自分たちを取り巻く状況は何も変わらないのは理解《わか》っている。

しかしそれでも酒のせいか、はたまた誰にも打ち明けたことのない胸の内を明かしたせいか、アキラは知らぬ間に泣いていた。それに釣られてべそをかきながら、少年たちは全員で肩を組みながら言う。

「なんだよ……結局似た者同士かよ」

「家族みてえだよな？」

蘇我はアキラに拳を差し出して言った。

「おう。裏切り者は許さねえ。約束だぞ？」

「おう……」

それにアキラは拳で応えた。

✝

「それなのに……それからちょっとして、突然アキラが集まりに来なくなったんすよ……様子が変だったから励ましてやろうと思ったのに……あいつ……俺達を裏切ったんだ。実際のとこ、俺等を見下してやがったんだ……」

そこまで話すとリーダー格の少年は唇を噛み締めて口を閉ざしてしまった。

「わかった……アキラって奴にもう一度話を聞いてみる」

犬塚はそう言って蘇我の肩を叩いた。しかし蘇我は顔を反らして言う。

「ま、正直もう興味無いっすよ。裏切り者がどうなろうと……」

犬塚は何も答えずにもう一度だけ肩を叩くとゆっくり車を発進させた。真白はしばらく黙って考え込んでいたが、少年たちから遠ざかった頃合いを見てゆっくりと口を開く。

「あの子たち、なぜ火事の現場に行ったことを隠したがってたんでしょう……？」

「ああん？　どいつもこいつもあいつらを疑うから警戒してたんだろ？　あいつらの味方する大人なんていねえ」

犬塚は駐車場に車を停めるとタバコに火を点けて答えた。真白は膝の上に両手を揃えたまま真っ直ぐに前を向き虚空に想いを馳せながら目を細めて呟くように言う。

「そうかもしれません……でも火事の話題になった時皆の表情が緊張してました……そして、アキラくんの話をリーダーの少年が話し始めた時も皆……その時と同じ表情をしてたんです……火事とアキラくんには、私達にはわからない、彼らだけが知る繋がりがあるのかもしれません……」

その時真白の端末が呼び出し音を響かせた。通話をオンにすると端末の向こうから京極の声がする。その声はいつもの能天気な調子ではなく不穏な緊張感を孕《はら》んでいた。

「捜査中に悪いね。一度本部まで戻ってくれ。話があるんだ」

再び無言になった車内で、犬塚と真白は顔を見合わせる。犬塚は無言のまま車を発進させ白の墓石へとむけてハンドルをきった。

夕闇の中に白い墓石が屹立《きつりつ》している。根本から照らされた明かりを吸ってぼんやりと膨張するその様は、聖なる会堂というよりはどこか幽鬼を連想させた。

二人はのろのろと焦《じ》れったいエレベータに乗って十三階にある室長室へと向かう。真白が扉をノックすると中から京極の重たい声が返ってきた。

「入りたまえ」

中に入ると机に両肘をついた京極が浮かない顔でこちらを見ている。どうやらいい知らせではないらしい。

「教育委員会からうちに抗議の連絡が入った。向こうは〝必要なら法王庁に直談判《じかだんぱん》する〟と言ってる。いったいどんな捜査をすれば初日からこんな電話が掛かってくる事態になるのか説明願いたいね……」

恨めしそうに犬塚をにらみながら言う京極に真白が声を上げる。

「待ってください！　犬塚さんは悪くありません！　少々粗暴な節はありましたが……真っ当な捜査の範囲内です！」

「おい……！　誰が粗暴だ……!?」

「じゃあこれは何なんだ!?」

京極はパソコンのディスプレイを回転させて二人に見せた。そこには校長にカリヨンを向ける犬塚の姿が映し出されていた。

「なんだこれ!? おい! 俺はコイツに銃を向けたりしてねえぞ!?」

「室長……! これはフェイク映像です。犬塚さんは断じて銃を抜いたりしていません……!」

京極は二人の顔を交互に見やってから大きなため息をついた。

なるほど……つまり悪魔憑きが捜査の妨害をするためにフェイク映像を教育委員会に送ったということか……

そこまで考えてから京極の頭に一つの疑問が浮かび上がる。

「百歩譲ってフェイク映像だということは信じよう。だがなぜ相手は賢吾くんの銃がカリヨンだと知っている? 映像が荒くて細部はわからないが、ここに映ってる銃は間違いなく青銅色をしている。君の銃を知らない者には作製不可能な代物だよ?」

「もしかすると、教室で子どもたちを集めた時に……」

真白は犬塚が子どもたちに銃を見せていた場面を思い返して呟いた。

「クソが……じゃあ、あの教室の中にマルタイがいたってことか!?」

「可能性は高いと思います。あの時以外、犬塚さんはカリヨンを出していません……マルタイは親の身に危険が迫っていることを察知して情報を流したか、何らかの事情でわたし達のことを話さなければならなくなったのでないでしょうか……?」

京極は一際大きいため息をついてから「やれやれ」とこぼしながら二人の方に向き直った。

「この件は僕の方で時間を稼いでおくから……君たちは一刻も早く被虐待児童の同定と悪魔憑きの確保を頼むよ？　次にクレームが入ったら本当に法王庁が動きかねない。慎重かつ迅速に悪魔憑きを捕らえるんだ……いいね？」

二人は静かに頷き室長室を後にした。エレベーターに乗ると難しい顔をした真白が静かに口を開く。

「やはり宮部くんがマルタイなんでしょうか……？」

「さあな……だが、何かを隠してる様子だったんだろ？」

「はい。あの時は暗くてよく見えなかったんですが、やはり机の中から覗いていたのは人毛だったように思います。わたしに気づかれたのを察知して、宮部くんはすぐにそれを隠してしまい、ちょうど休み時間も終わってしまったのでそれ以上追及できず……」

「確かに怪しくはあるな……」

そういえば、宮部くんの下の名前はなんだったろうか？

真白がふとそんなことを考えた時、リン……と音がしてエレベーターが一階に到着した。

二人が外に出た頃には、夕闇は深い宵の闇に変わり、白い墓石が僅かに欠けた満月を貫いていた。

奇《く》しくも今年の夏至は満月と重なるらしい……

真白は妙な胸騒ぎを覚えながら、串刺しの月を睨みつけた。

†

夏至祭を直前に控えた夜、宮部家のフローリングの上をパタパタとスリッパが駆け回る。

間接照明の薄ぼんやりした明かりの中を不機嫌な女が忙しなく歩き回っている。

少年がちらりと盗み見ると、その顔には怒りに彩られた不気味な仮面がへばりついていた。

インドネシアのガルーダにも似たその面は、時折口元をカタカタと鳴らして何かを訴えかけてくる。

苛立った空気とは裏腹に、テキパキと夕食の準備を整えていくのがかえって恐ろしさを増長させていた。

それに引き換え、男はソファに座ったままぼんやりとスマホを眺めている。

無表情に見えるその顔にもまた、のっぺりとした能面のような仮面が張り付いていた。

何を考えているのかもわからないが、時折ひひっ……と仮面の裏から不気味な笑い声が聞こえてくる。

少年はそんな二人が織りなす異様な空気にビクつきながらも、隣の部屋で静かに、何かをこしらえていた。

「あなた……」

ガルーダが無機質な声を出して言った。その冷たい声ざわりは火傷《やけど》しそうなほど冷え切っている。

「ご飯。出来たわよ」

反応の無い男の背中に女はなおも冷たい声を浴びせかける。

「ほーん……」

間抜けな声が能面の奥から発された。神経を逆撫でする間延びした声。その言葉の意味からは了解を示すのか別の意味があるのかも判然としなかった。

唐突に立ち上がった男は仮面の奥で煌々《こうこう》と光る眼《め》でスマホの画面を凝視したままフラフラとリビングの扉へと向かって歩きだした。

「ちょっと出かけてくる……」

それを聞いた瞬間、ガルーダの面を被った女は男のためによそった夕食をゴミ箱に流し込んだ。

ズルズル……びちゃベチャ……と音を立てて、食事が生ゴミへと変わっていく。しかし男はそんなことには気づかないようで、スマホを顔の前に固定したまま出ていった。

ガルーダはとうとう皿を摑んでいた手も離してしまう。ぼとっ……と大きな音を立てて、男の皿がゴミ箱に飲み込まれた。

少年はその音でビクン……と肩を震わせた。作業の手を止め慌てて作りかけの女の顔を箱の中に仕舞い込む。

それと同時に大きな音を立てて扉が開いた。

廊下の照明に浮かび上がるガルーダ神の影がいつのまにか間近にまで伸びている。

「ご飯……」

「うん……」

低く響いた神託に少年は粛々と従う。従わざるをえない。

リビングのテーブルを台拭きで磨き、夕食の用意をする。ランチョンマットを二人分にするか、三人分にするか迷った挙げ句、少年は三人分のランチョンマットを用意した。

しかし女はサバの味噌煮《みそに》が載った皿を両手で持ってくるなり、三枚目のランチョンマットを乱暴に取り去ってしまう。

「あの人はいらないんだって……どっかの女の所で食べてくるんじゃない？」

打って変わって熱を帯びたその声が少年の鼓膜を焼いた。

静かに頷くと、味噌汁をお椀《わん》に注ぐためにキッチンへと向かう。いつの間にか隣に立っていたガルーダ女神《にょしん》はサラダボウルにスパイスソルトを振りかけながら忌々しそうに口走る。

「あの人の化けの皮を剝いだら……女は何て言うかしらね？」

ゴリゴリとミルが回る。

「本性を見せてあげたいわ……そう思わない？」

ゴリゴリと音を立てながらミルが黒胡椒《くろこしょう》を粉々にかみ砕く。

「外では見せない家にいる時の本性を……あなたも晒《さら》してやりたいって思わない……!?」

少年はゴクリと唾を呑んで頷いた。

それに満足したのか、女はテーブルにサラダボウルと取り皿を持っていってしまう。

間接照明の薄明かりの中、ガルーダと二人でとる夕食は、生きた心地がしなかった。少年はそっと自分の仮面を被り素顔を見られないように隠してからポツリと呟く。

「明日には……きっと上手くいくよ……準備は整いつつあるから……明日は大事な日だから……」

「ふふ……それならいいけど……」

ガルーダは魚の骨を摘《つま》んでそこに残った身の欠片を啄《ついば》みながら笑った。少年は部屋に残してきた女の顔のことを思い出し、急いで食事を済ませるとそそくさと自室に戻り作業の続きに取り掛かった。

†

犬塚は一人車を走らせ自宅に向かっていた。

真白は明日のためのミーティングを兼ねて何処かで食事をしようと誘ったが、犬塚はそれを断って言った。

「言ったはずだ。こっちはもともとバディを組むのも御免なんだ……勤務時間外まで関わるつもりはねえ」

その時に見せた真白の顔が瞼の裏に焼き付いている。指先に残る棘《とげ》のようにふとした瞬間に鋭い痛みが駆け抜ける。

「クソが……」

窓からタバコを吐き捨てながら、犬塚は誰でもない自分に悪態をついた。

だからバディなど必要ないのだ。近づけば近づくほどに、誰かをどうしようもなく傷つける。自分とはそういう存在なのだということを犬塚は嫌と言うほど知っていた。

あるいは知っているつもりなだけで、それは単なる過去に重なった偶発的な悲劇による刷り込みなのかもしれない。

そんなことも頭では分かってはいたが、分かったからと言って悪夢が消えることは決してないし、変わることも出来はしない。

自分でも持て余すほど難儀な性格に自己嫌悪しながら、犬塚は自宅のドアを押し開ける。

部屋に入るなり、もとよりだらしなく胸の辺りまで垂れ下がっていたネクタイを乱暴に外してシャツを脱いだ。

姿見に映る自分の身体には、大小無数の古傷が刻まれている。消えることのない悪夢が現実だった証であると同時に、祓魔師《エクソシスト》であり続けるための聖痕《スティグマ》でもある。

呪いと祝福を宿した身体をシャワーで洗い清めると、犬塚はベッドに横になった。

何故か酷く疲れていた。あいつに連れて行かれた喫茶店のせいかもしれない。サンドウィッチとローストビーフのせいで、あの人のことを思い出したせいかもしれない。

眠るのが恐ろしい。夢を見るのが恐ろしい。

それでも睡魔に抗《あらが》うことが出来ずに、犬塚はゆっくりと、今宵《こよい》も悪夢の底へと誘われていった。

†

言葉などは無く、そよ風が木々を揺らすカサカサという音だけが、会堂の白ペンキ塗りの壁に反射しては打ち消し合うように消えていく。

尋ねたいことが喉元まで出かかっては、サンドウィッチでその言葉を飲み込むというの繰り返した末、神父は物言わぬ少年に、三つ目のサンドウィッチを手渡しながら、とうとう口を開いて言った。

「良ければ名前を教えてくれますか？」

案の定少年はサンドウィッチは受け取らないで俯いてしまう。

……失敗だったかな……

そう思って、困ったような笑みを浮かべていると、少年はポツリ、と口を開いた。

「けんご……」

……けんご……

それが少年の名前だと気づいて神父は大きく頷いた。

「そうか！　けんごくん！　けんごくんか……！」

ナニカ大切な事を覚えるかのように、ブツブツと名前を反復する神父を、少年は不思議そうに眺めていた。

「けんごくん。そう云《い》えばわたしの自己紹介が未《ま》だでしたね。わたしは[redacted]と申します」

じーじゅわじゅわ……と、油蟬の鳴き声のような音が神父の言葉に重なった。

「え？」

と思わず聞き返した少年に、神父は柔らかな笑顔を向けて問いかけた。

「どうかしましたか？」

……名前……

そう言えればと少年は思ったが、ニコニコと笑う神父の顔を曇らせるのが申し訳なく感じられて、慌てて首を左右にふった。

皐月の青空に晴々と浮かんだ太陽を雲が遮り、あたりがスウッと影に飲み込まれる。神父も何かを感じ取ったようでチラと檸檬の幹の背後に、先程少年が隠れていた辺りに視線を送ると、そのまま目を凝《ぎょう》……と細めた。

ふいと視線を送るのをやめた神父が、少年の方に向き直り、再び優しげな表情で話しかける。

「これでわたし達は見知らぬ者同士から、見知った仲になりましたね。これはその記念です」

そう言って神父は司祭平服《キャソック》の中から小さな木製の十字架《ロザリオ》を引っ張り出すと、少年の首にかけるのだった。

「いいですか？　困ったことがあれば、いつでもここに来てお祈りなさい。神はあなたの祈りを待っておられます」

言葉の意味が今ひとつ解らずも、少年はゆっくりと頷いた。

それを見た神父は、ふぅーと鼻から息を吐き出してから、少年に再び笑顔を向ける。

「わたしはいつでもここにいますから、来たい時に、いつでもおいでなさい」

少年は頷いてから立ち上がると、小さな頭をペコリと下げて庭の入口へと駆けていった。

ずるずるべったり……

……ず、ずるずる……

と、闇が這うような気配を感じて神父は少年の背中を睨んだ。

「ばるばらさだらばき、るあてぃてぃてぃ、さるばき、さるばだら……」

異国の言葉を呟きながら、神父は胸の前で十字を切った。

その時、檸檬の幹の陰で、ぼとり……と重たい音がして、少年を見送っていた神父はゆっくりとそちらに振り返った。音がした辺りからは、金切り声のような悲痛な叫びが聞こえてくる。

神父はもう一度素早く十字を切ってから、音のする方に向かって歩いていった。

「助け給え……助け給え……恩寵《おんちょう》賜るマリア……」

キィキィ……と耳障りな声でそう喚くのは、見たことのないほど巨大な一匹の蜘蛛《くも》だった。

アオミドリ色の気体《ガス》を吐き出すそれを見て、神父は司祭平服《キャソック》の袖で口元を覆って顔を顰めた。

黒光りする四つの目玉が神父をとらえると、蜘蛛は嗄《しわが》れ声《ごえ》で言う。

「神の使徒を自称し……身の程を弁《わきま》えぬ驕《おご》り昂《たかぶ》る者達よ……気を付けるがいい……光の届かぬ闇が、ぽっかりと口を開けてお前達を待っているぞ……?」

正午過ぎの白い太陽は、不気味な姿をありありと照らし出し、グロテスクな細部までもをくっきりと炙《あぶ》り出してしまう。

ひゅぅ、ひゅう、と苦しげな息を引き取って、動かなくなった大蜘蛛を見つめたまま、神父が身動き出来ずにいると、背後から鈴のような呼び声が聞こえてハッと振り返った。

「神父様? 神父様? どうなさいました?」

不安げにこちらを覗き込む修道女に、神父はにっこりと微笑みながら返事をする。

「いいえ。なんでもありません。素敵な出会いがあったので、神に感謝の祈りを捧げていたんですよ」

その言葉を聞いて、修道女は一瞬安堵の表情を浮かべたが、またすぐに顔を曇らせてしまった。神父はそのことに気がついて優しい声を出す。

「どうかなさいましたか？」

「こちらへおいでになってください……」

修道女は一瞬躊躇ってから、神父の袖を引いて会堂の方へと歩き出した。

中に入ると天窓から差し込む明かりが薄暗い会堂の宙に漂う埃《ほこり》にぶつかり、予測のつかないフラクタルをかたどっている。

万華鏡のように次々と崩壊しては現れる象徴的な印《しるし》の数々から、正確に神の啓示を読み取るのは難しい。

……主よ。あなたの御心《みこころ》を下僕《しもべ》にお示しください……

そそくさと前をゆく修道女について、神父がぼんやりとそんなことを考えていると、彼女は忌まわしい秘密でも打ち明けるように、怯えを含んだ声で囁いた。

「あそこです……」

そう言って修道女が指さした先には、聖母が幼いキリストを抱いた絵画が掛けられている。

暗がりの中に、優しい微笑みを御子《みこ》イエスに向けるマリアの白い肌が、ぼぅと浮かび上がると同時に、神父は思わず息を呑んだ。

……黒い目玉。いや、眼孔と呼ぶべきだろうか……

塗りつぶされたような黒い目からは、濤々《とうとう》と闇が垂れ下がっていた。涙と呼ぶには醜く歪んだ口元があまりにも禍々《まがまが》しすぎる。

溢れた闇は、御子の口を目掛けてずんずんと触手を伸ばし、掻き分けるように咽頭の奥に侵入しているかのように見受けられた。

「なんと恐ろしいことでしょう……御子と聖母を冒瀆《ぼうとく》するなんて……」

そう言って修道女は顔を両手で覆った。

「きっと、誰かの悪戯《いたずら》に決まっていますよね……?」

そう言って指の隙間から神父を覗く修道女の目には恐れと疑心が揺れている。

神父はゆっくりとした足取りで絵画に近づくと、マリアの目から零《こぼ》れ落ちた闇を二本の指でなぞって言った。

「いいえ……これは悪戯ではありません……」

その言葉で修道女の背筋にゾッと冷たいものが這い回る。

神父は絵画の聖母と御子を見据えながらゆっくりと続きを口にした。

「これは……悪魔の仕業です……」

キィ……キィ……キィ……キィ……キィ……と、ごくごく短い間隔をもって、何かが軋む音がした。

音がした方に二人が振り向くと、壁に打ち付けられた十字架が逆さまになって、ぷらり、ぷらり、と不気味に揺れて踊っていた。

聖なる会堂の暗がりに、怪しい影が蠕《うごめ》くのがわかった。

清らかな静謐《せいひつ》とは明らかに異質な、薄気味悪い沈黙、そして静寂が会堂の中に充満する。

……嗚呼不穏……

……限りない不穏だ……

その底は果てしなく、足を踏み外せば真っサカサマに落ちていくような奈落の気配を孕んだ不穏。

「神父様……悪魔の仕業などと、恐ろしいことを仰らないでください……」

縋るようにそう言った修道女に、神父は穏やかな、それでいてはっきりとした強い言葉で答える。

「真実から目を逸らしてはなりません。ただ恐れないで、わたし達の神を信じるのです。神の加護を願うのです……」

修道女の目に、消えかけていた信仰の火が小さく灯《とも》りなおしたのを確認して、神父は壁に掛かった絵画に手を伸ばした。

その絵を人目に触れないように抱えると、その場を後にして会堂の裏手に設けられた自身の寝室へと運ぶ。八畳ほどの小さな小屋には裸電球が一つぶら下がっているだけだった。

木製の机と簡素な寝台、そしておびただしい数の書物がきちんと収まった本棚の他には目ぼしいものは何も無い。

寝台に腰掛けた神父は、両手で摑んだ絵画に再び視線を落として険しい表情を浮かべた。

……嗚呼、なんということだろう……

……この絵の暗示するところは、目を覆いたくなるような悲惨な現実だ……

知らぬ間に強く嚙み締めていた唇が痛んで、神父ははたと我に返ると、その絵を寝台の上に置いた。

小さな窓から周囲に人が居ないことを確認すると、決して建付けが良いとは言えないドアに、気休め程度の錠前を掛け、床に敷かれた絨毯《ラグ》を捲《めく》る。

すると秘密の戸口がそっと顔を出した。

ガッコン……と、留め具の嚙み合う音が小屋に響いた。

神父は机に手を伸ばし、ところどころ緑青に侵され翡翠《ひすい》色に濁った燭台《しょくだい》を取り上げると燐寸《マッチ》を擦って火を灯そうとする。

……呪《じゅ》……

そんな音を立てて燐寸《マッチ》は灯ってすぐに消えた。

地下室から吹き上げてくる、轟轟《ごうごう》という風の音が、何時《いつ》にも増して猛《たけ》っているように感じられる。

神父は小声で祈りながら再び燐寸《マッチ》を擦った。今度はしっかりと手で覆い、暗い風から火を守ると、燭台に刺さった熔《と》けかけの蠟燭《ろうそく》に火を移す。

小脇に絵画を抱え、その手に燭台を持つと、神父はまるで蜥蜴《とかげ》のように、器用に地下への梯《はし》子《ご》を降りた。

二メートルほど降りた先には、正方形の空間が広がり、その四壁には見るからに手作りの古ぼけた棚が備え付けられている。

そこはまるで石棺のようだった。

いつしか集まってきた呪われた品々を封じるための棺《ひつぎ》だった。

どういうわけか、神は未《いま》だにそれらに宿った暗い力を滅ぼすことはしないらしい。

仕方無しに神父は、こうして地下に設けた棺に、彼らを縛っては埋葬する。

……さんだらら、るばとぎあ、けせるぱにえ……

……主よ。悪《あ》しき者共をあなたの十字架の血によりて縛り給え……

……悪しき者の呪いを暗闇の中に縛り付け封じ給え……

神父は祈り終えると、小脇に抱えた呪いの絵画を棚に立てかけ十字を切った。

絵に背を向けて梯子《はしご》を登る神父の背後では、絵画の中のマリアが、こぽこぽ……と小さな音を立てて、黒い涙を流していた。

第二幕

キツい芳香剤の臭いが充満する部屋の片隅で、少年は膝を抱えて座っている。

散乱するゴミ袋の影に隠れて息を潜ませる少年に蠅《はえ》が集《たか》っても、少年は振り払う素振りも見せず微動だにしない。

うんうんと甲高い唸りを上げて数匹の蠅が乱舞する。

異臭を放ち、ねばねばと菌糸に侵されたシンクでは、背中に覆いかぶさるようにして二匹の蠅が交尾している。

しかし少年の目は虚空を見据えて昼間の出来事を思い返していた。

神父の眼差《まなざ》しに宿るものの名を少年は知らない。

それは酷く心地よく、同時に死ぬほど辛《つら》かった。

泣き出したいような気持ちと、自分の身体を殴りつけたくなるような衝動が同居する。

それでいて嫌われるのが恐ろしく、喪失する可能性に思い当たると身体が戦慄を覚えた。

膝を抱えた手の先、人差し指の爪先は、ひっきりなしに親指の逆剝けを掻き毟《むし》っている。

そんな少年の鼻腔《びこう》に嫌な臭いが侵入した。

部屋のあちらこちらに置いた芳香剤で誤魔化しても、鼻の奥に残る臭いが消えない。

ふとした瞬間に蘇《よみがえ》る生臭い内臓の臭いが、少年の胃袋から先ほど食べたサンドウィッチを追い出そうとするが、少年は両手で口を覆ってなんとかそれに耐えた。

吐き出したくなかった。

神父が差し出したくれた優しさを、吐き出したくなかった。

しかしそんな少年の抵抗を嘲笑うかのように、不吉な足音が忍び寄ってくる。

錆びた階段をカツン……コツン……と踏みしだく、ハイヒールの音が近づいて来る。

ガチャ……と鍵の開く音がして、少年の母親が帰ってきた。

部屋を見渡し少年を見つけると、母は顔をぱっと明るくして四つん這いで近づいてくる。

ゴミ袋を押し退《の》けながら近づく母に、少年は身体を固くして身構えた。

「捕まえた――――」

そう言って母は少年を優しく抱きしめ頬擦りする。

少年はじっと動かずに、母の頬擦りを受け入れていた。

言葉にならない安堵と困惑が、少年の中を駆け抜ける。

母親はまるで考える隙を与えないかのように、少年の両肩を摑むと、おでことおでこを合わせて言った。

「ね？　お腹空かない？　ファミレスにご飯食べに行こっか？」

少年が目を丸くして固まっていると、母はその手を取って立ち上がらせる。

「ほら!!　早く早く!!　お母さんお腹ぺこぺこー」

少年はコクリと頷くと、母が作ったゴミ袋の谷を通って、部屋を後にした。


前を行く母を少年は駆け足で追いかけた。

住宅地を抜けると、一台の車が路肩でハザードランプを光らせている。

「お待たせー」

そう言って母は車の助手席に乗り込んだ。

どうしていいか分からず少年が立ち竦んでいると、母は窓を開けて笑いながら言う。

「ほら……！　早く早く！」

少年はおずおずと後部座席の扉に手をかけたが鍵がかかっていてドアが開かない。

「あ。悪いなぼうず、鍵かかってるわ」

そう言って運転席の男が笑った。

「もー。開けてやってよー」

母はケタケタと笑いながら男の肩を叩いた。

男はおどけた顔を浮かべながら鍵を開けて言う。

「ほら。開いたぞぼうず。さっさと入れよ」

少年は頷きドアを開くと、後部座席に収まった。

楽しげに話す二人の会話に耳を澄ませながらじっと気配を消していると、男が母の太腿《ふともも》をまさぐるのが見えた。

母の短いスカートがたくし上げられ、男の手が上へ上へと登っていく様から、少年は目が離せない。

母は甘い吐息を漏らしながら、それを楽しむように受け入れている。

やがて男の耳を齧《かじ》りながら母は甘えた声で囁いた。

「ね……我慢できなくなっちゃうから、続きはご飯の後で……ね？」

男は下品な笑みを浮かべて母に口づけると、低い声で言った。

「たっぷり可愛がってやるよ」

それを聞いた母が妖しく微笑むのを見て、少年の下腹にきゅぅ……と力が入った。

郊外のファミリーレストランに着くと、男は少年に大声で言う。

「着いたぞ!!　腹いっぱい食わせてやるからな。ぼうず！　残すんじゃねぇぞ？」

そう言って振り向きざまに怖い顔を浮かべる男に、少年は黙って頷いた。

深夜のレストランはまばらに客がいるだけで、がらんとした淋《さび》しさが漂っている。

並んで座り楽しそうにメニューを選ぶ二人の向かいで、少年もメニューを眺めていた。

ページを捲ると、軽食のコーナーに昼間のサンドウィッチの写真があった。

どくんと耳に血の流れる感触がする。

ウェイトレスが注文を取りにやってくると、少年はそれを指さし言った。

「サンドウィッチ……ください」

「かしこまりました」と微笑むウェイトレスの言葉を遮って母が口を開く。

「あーサンドイッチね。サンドイッチください」

「おいおい……サンドイッチって男がそんなもん食うなよ？　肉食え？　な？」

そう言って男はメニューに載った肉汁の滴るステーキをバンバンと乱暴に叩いてみせる。

少年は首を横に降ってサンドウィッチを指さして言う。

「これがいい……」

呆《あき》れたように男は鼻で笑うと自分の注文をウェイトレスに告げた。

母は不服そうにメニューのサンドウィッチを眺めながら、

「もっと高いのにすればいいのに……貧乏くさ」

そうポツリと呟いた。


しばらくして真っ先に運ばれてきたサンドウィッチに視線が集まる。

微《かす》かに男の舌打ちが聞こえて、少年は手を伸ばすことが出来なかった。

いたたまれない気持ちで少年がサンドウィッチを見つめたまま固まっていると母の声がする。

「どうしたの？　食べないの？」

机に顎を乗せて覗き込むようにこちらを見る母と目が合い少年はボソリと呟いた。

「みんなのが来てから……」

その言葉を言い終わるより先に男の太い腕がぬっと少年の眼前に迫った。

シルバーの厳《いか》ついリングとブレスレットが残酷な光を放っている。

その手は皿に載った二つのサンドウィッチの片方を乱暴に掴むと少年の眼前から姿を消した。

クチャクチャと咀嚼音《そしゃくおん》が聞こえる。

少年が目だけ動かして音の方を見ると、男は不味《まず》そうな顔でサンドウィッチを頬張っていた。

「こんなもんよく食えるな……野菜ばっかじゃねえかよ？」

そう言って男は半分以上食べたサンドウィッチを少年の皿に戻した。

トマトの果汁がまるで血のようにどろりと垂れて、もう一つのサンドウィッチに染み込んでいく。

それを見た少年の中に得体の知れない黒い何かが蠢《うごめ》いた。

もう一度目だけを動かして男に視線をやる。

母の尻をまさぐっていた男はその視線に気がついて手を止めた。

「おい……？　なんだよ？　ムカつく目しやがって……」

そう言って男は少年の髪を鷲掴みにした。

「サンドイッチ食われてキレてんのか？　ここで出る飯は全部な、俺の金で買った俺のもんなんだよ？　おい？　理解《わか》ってんのか？」

そう言って男は少年の顔に平手打ちを見舞った。

焼けるような痛みが右頬を襲い、同時に右目から涙が流れだす。

それでも少年は男から視線を逸らさない。

どうしても逸らしてはいけない気がした。

神父のくれたサンドウィッチを守らなければ……

その一心で少年は男を睨みつける。

男の酷い冒瀆からすれば殴られる事のほうが幾分ましなように思えた。

その目がよほど気に食わなかったのか、男は立ち上がると少年の襟を摑んで歩き出した。

店の外へと引きずられながら見た視線の先では、母が残りのサンドウィッチを一人むしゃむしゃと頬張っていた。

自動ドアの開く音が深夜の店内に響きわたり、レジの奥から店員が顔を出す。

しかし男が睨みつけると、店員はさっと席の方に顔を向け、母親らしき女がサンドウィッチを食べているのを確認する。

母親が気にする素振りを見せないのをいいことに、店員もまた気にするほどの出来事ではないと自分を納得させたらしい。

それ以上少年の方に目を向けることもなく、そそくさとレジの奥に引っ込んでしまった。

アスファルトの駐車場にザリザリと、少年の靴が擦れる音が木霊する。

街灯には無数の羽虫が集《たか》り、それに紛れ込んだ大柄な蛾《が》が何度も何度も灯《あか》りの入った硝子の覆いにぶつかっては、ばち……ごち……と鈍い音を響かせていた。

男はそのまま少年を引きずっていき、車の後部座席に押し込むと再び顔を平手で打った。

「おい？　言うことがあんだろうが？　なあ!?」

そう言って再び顔を叩く。

ばち……

鈍い衝撃と共に血の味がした。

「……」

「おい？　聞いてんのか？　無視すんな……」

ごちゅ……

男の拳から飛び出た髑髏《どくろ》のシルバーリングが骨にぶつかる感触がして、生暖かい液体が額から垂れて少年の右目を塞ぐ。

「い……だ……」

「はあ？」

ルームライトの薄明かりの中、陰になって見えない男の顔に向かって少年は小さく呟いた。

「い……や……だ……!!」

今度はハッキリとそう言った。

男は何も言わずにジッポでタバコに火を付けると煙を少年の顔に吹きかけた。

「あっそ……」

その瞬間少年の腹に固くて重たい何かが突き刺さる。

息が出来ずに背中を丸めて涎《よだれ》を垂れ流していると、男は少年のティーシャツを捲《まく》りあげて言った。

「詫《わ》びも入れれねえとか……躾《しつけ》がなってねえわ。アイツは母親失格だな」

そう言って男は煙草の火を少年の背中に押し当てた。

先程の殴打で痙攣する横隔膜のせいで、少年は悲鳴を上げることも出来ずただただ熱さと痛みに身悶《みもだ》えするしかなかった。

「もう謝んなくていいから。代わりに気が済むまでこれ続けるから」

そう言って男は再びタバコを押し付けた。

悲鳴を上げると腹を殴られ、声を失うとまた焼かれ、やがて少年はぐったりと動かなくなった。

「もーあんまりイジメないでよ?」

その時母の声がした。

「てめえがちゃんと躾けてないからだろうが？　代わりに俺が躾けてやってんだよ」

男がタバコを吹かしながら言うと、母はくすくす笑って答えた。

「じゃあ躾のお礼をしないとね？」

そう言って男の首に抱きつくと母は耳元で甘く囁く。

「家、行こっか？」

遠のく意識の中、少年の中に恐ろしい考えが浮かびあがった。

……食べられてしまえ……

その思考を最後に、少年は目を閉じ闇の中に消えた。


咽返《むせかえ》るような花の匂いで、少年は目を覚ました。

見ると顔の脇には蓋の開いた芳香剤が転がっている。

背中が酷く痛い。

腹も痛んだ。

口の中には血の味がして、舌で触ると頬の内側がズルズルに爛《ただ》れているのを感じる。

匂いに耐えきれず少年が芳香剤の容器を払いのけると、黒いゴミ袋が散らかる部屋の奥から
ギシギシと何かが軋む音がした。

ゴロゴロと音を立てながら芳香剤の容器が床に円を描いたが、少年は部屋の奥を見つめて息を止めたまま動けない。

ぬっとん……ぬっとん……と
肉を打ち付けるような……

湿った音。

ふと見ると黒黒とした大きな蠅が、シンクで二つ重なり合っている。

ギシギシギシギシギシギシギシ……

相変わらず何かが軋む。

激しさを増して、軋む。

ぶちゅ……ぐちゅ……と
何かが潰れるような音がする。

それと同時に悲鳴があがった。

内臓の奥深く、敏感な肉塊を、捏ね回された故にあげる悲鳴。

「ああ……!! んっ……」

それは甘い吐息が混じった母の声だった。

同時に男が何かを叫んだ。

しかしその言葉の意味するところを少年は知らない。

ただ酷く淫靡で、触れてはならない聖なる物を、汚辱に塗《まみ》れた手でぬるぬると撫で回すような嫌悪感が、鼻腔の奥を蹂躙する。

それと同時に、背骨の奥から迫り上がってくるようなむず痒《がゆ》さ。

神経の上を虫が這うような、くすぐったいような、身を捩《よじ》りたいような刺激が、脊髄を伝って仙骨の内側で渦を巻く。

結局微動だにも出来ずに固まっていると、ガラガラとガラス戸の開く音がして裸の男が姿を現した。

あの男が姿を現した。

どうしてまだ……？

そんな事が頭を過《よぎ》ったが男の太い指に摘まれたタバコを見た途端、少年の身体に力が入り、痛みの記憶が思考をかき消してしまう。

男はそんなことなど気にも留めず少年のそばに近づくと頭に手を置き口を開いた。

「ぼうず。俺しばらくここに住むから。俺のことを苛《いら》つかせたらまた躾だぞ？」

少年はごくりと唾を飲み、部屋の奥を盗み見た。

パイプベッドには汗に塗れた裸体の母が、妖しい笑みを浮かべて舌を出している。

同時にゾクリと得体の知れない感覚が少年の背筋を伝う。

「おい？　聞いてんのか？　返事は!?」

男が髪を鷲摑みにしたので少年は痛みで目を閉じた。

「うん……」

小さくそれだけ言うと、男は手を放して舌打ちする。

「返事はな……はいって言うんだよ……わかったな？」

今度は強い力で顎を摑まれた少年が小さな声で「はい」と答える。

ガラス戸の奥ではそんな様子を母が可笑《おか》しそうに眺めながら、声を押し殺してクスクスと笑っていた。

†

アキラもまた夢を見ていた。

月の無い闇夜の公園に街灯の明かりがポツンと一つだけ灯っている。

その頼りない明かりが僅かに届かぬ闇の中では、ぎぃこぉ……ぎぃこぉ……とブランコが鎖を軋ませながら揺れていた。

アキラが夜の公園で待っていると白塗りのマスクを被った一団が戦利品を抱えてやって来るのが見える。

夏至祭の仮装に紛れて行う覆面強盗の真似事《まねごと》は上手くいったらしい。いつにも増して大量の戦利品がそれを物語っていた。

作戦の立案者抜きで計画を実行したところが気にはなったが、彼らが自分を除け者《のけもの》にする気など微塵もないことは分かっている。

〝家族みてえだよな〟

不意にあの日の呪文が脳裏をかすめた。

血よりも濃い何かが自分たちを繋いでいる。

そう自分に言い聞かせているとふと夜空の異変に気が付いた。

一つの星から逃げるようにして、辺りの星が遠ざかっていくのが見える。

置いて行かないで……

誰かの声が聞こえた気がしてアキラは思わず身震いすると、蘇我達の方を向き叫んで言う。

「おい！　空が変だ！　星が動いてる……！」

しかし蘇我達は戦利品を眺めるばかりで、自分の声はまるで届いていない様子だった。

積乱雲のように湧き出てきた焦燥感に駆られてもう一度空を見上げると、誰かがまた呟いた。

皆消えてしまった……

「おい……!!　アレを見てくれよ……!?」

半狂乱で怒鳴りながら蘇我達に視線を移したアキラは戦慄した。

蘇我達がいたはずの場所に豚の生皮をツギハギしたようなマスクを被った黒い影達が屯《たむろ》している。こちらを見据えて小刻みに肩を震わせている。

くり抜かれた豚の眼孔の奥から、ぎょろりと誰かの視線が光る。ひどい臭いのする生皮には、ところどころ白い蛆《うじ》が這っていた。

へへ……へへへへ……

彼らは薄笑いを浮かべながら自転車にまたがると、ゆっくりゆっくり遠ざかっていく。

キィコォ……キィコォ……と錆びた車輪の音が暗闇に響き渡った。

その音は時折家で流れるレコードの音によく似ていた。

「待って……!!　置いて行かないで……!!　僕も連れて行って……!!」

友かどうかも怪しい集団に向かってアキラは縋るように叫ぶ。

「僕も連れて行って……!!　僕達は本物の家族なんだろ!?」

そう叫んで伸ばした指先を誰かが摑んだ。

見ると仮面を被った父がその手をがっしりと摑んでいる。

「失禁するとは……情けない……情けない……情けないぃぃぃいいいいいい!?」

「い、嫌だ……!!　僕は仮面なんか被りたくない……!!　あんたなんか家族じゃない……!!」

逃げ出そうとするアキラを父はずるずると引き摺っていく。闇の先には物置部屋が口を開いてアキラを待っている。

「助けて……!!　誰か助けて……!!」

助けを求めて伸ばしたもう片方の腕を誰かが摑んだ。

見るとそこには綺羅《きら》びやかな蝶《ちょう》のマスクで目元を覆い襞襟《ひだえり》とドレスを身にまとった母がいた。

「私達がぁああ……本物のぉぉぉ……家族だぁぁよぉぉぉぉぉ？」

不気味に嗤う母の姿にアキラは思わず悲鳴をあげた。しかし父は気にもとめずアキラを物置に放り込み鍵をかける。

「出して……!!　出してぇぇぇぇぇぇ……!!」

真っ暗闇に閉ざされたアキラは半狂乱で扉を叩きながら懇願した。しかし闇に呑まれた戸からは何の手応えも感じられない。

出口を求めて手探りしていると暗闇の奥からカサカサと物音が聞こえてくる。

酷く恐ろしい気配がした。

クスクスと無数の嗤い声が聞こえてくる。

神様……助けてください……

思わず祈った次の瞬間、裸電球のジー……というノイズが聞こえ、瞼の向こうに光の気配を感じた。

無数の気配がそれと同時に霧散する。

助かった？

恐る恐る目を開けると、無言で不気味な笑みを浮かべる真っ白な仮面が、直《す》ぐ目の前に浮かんでいた。

†

いつものように自分の悲鳴で目を覚ました犬塚は、虚空に伸ばされた自らの腕を目撃する。朝日の気配をカーテンの向こう側に感じると、その手で額を覆って安堵と落胆の入り混じったような大きなため息を吐《つ》いた。

「くそが……」

犬塚は捻り出した悪態の弱々しさに自嘲する。枕元のサイドテーブルに目をやると、デジタル時計は4：23を示していた。

セブンスターに手を伸ばし封を切る。一本目に火を点けると、悪夢を煙に巻くように深く深く吸って息を吐く。肺胞にタールが行き渡り、血中をニコチンが駆け巡るように。いまだに褪《あ》せぬ過去の閃光《フラッシュバック》が少しでも、ヤニで黄ばんだものになるように。

白の墓石に向かうと、植え込みの脇に置かれたベンチに真白が座っていた。

約束の時間より十五分早いにも拘らず、すでに自分を待っている様子のバディの姿に犬塚は小さく舌打ちする。

「ずいぶん早いんだな……」

車から降りるなり苦虫を嚙み潰したような顔で言う犬塚を見て、真白は眉を顰めた。

「ご機嫌斜めなんですか？　普通早く来て怒られることはないと思うんですけど……？」

「うるせえ……それより今日はどう動くんだ？　壱級祓魔師殿《エクソシスト》」

すでに半分ほど空になったセブンスターを引っ張り出して犬塚が言う。真白は顔を顰めつつも生徒の名簿が入ったファイルを開いて答えた。

「これを見てください。宮部くんのことなんですが、昨夜彼の下の名前が気になって調べてみたんです。そしたら……」

「宮部《みやべ》彰《あきら》……」

「はい……彼がアキラくんだったんです……！　昨日彼と直接話した時の印象を考えると、不良チームにいたころとはまるで別人に思えます……」

「虐待が激化して本来の性格を押し殺してるわけか……」

「可能性は高いかと……」

「よし。宮部に会いに行くぞ」


二人が車を降りると、覆面姿の集団がゾロゾロと校門をくぐって校庭の中に入ってくるのが見えた。向こうもこちらに気づいたらしく、その中の一人が覆面を剝ぎ取り大きく手を振っている。どうやら昨日の不良少年達らしい。

「おう！　お前らちゃんと学校来て偉いじゃねえか！」

犬塚が腕を組んで言うと、仲間達は互いの顔を見合わせおどけてふざけ合う。

「家よりマシっすから……」

「それでいい」

「違うんすよ犬塚さん！　今日は夏至の学園祭っすから！　楽しんだもんがちっしょ!?」

蘇我はそう言ってしゃしゃり出た仲間の横腹に肘を食らわせ余計なことを言うなと凄む。

「いいじゃねえか。仮面してりゃ悪さしてもバレねえな」

悪い顔をして笑う犬塚に不良たちは賛同した。真白はそれを微妙な顔で後ろから眺めていた。

その時、校舎の方から怒鳴り声が響き渡る。振り返ると見るからに生活指導らしきゴリラのような男性教員が拳を振り上げて駆け寄ってくるのが見えた。

「ヤバ……ゴリラ岡《おか》が来た」

「逃げようぜ」

ゴリラ岡と呼ばれた男はそれを察知したようで、なぜか犬塚に向かって叫んで言った。

「祓魔師《エクソシスト》先生！　そいつ等を捕まえてください!!」

それを無視して犬塚は囁く。

「チッ……面倒臭え……お前らさっさと行け……！」

「いいんすか？　犬塚さんがヤバいんじゃ？」

蘇我が言うと、犬塚は名刺を渡して目配せする。

「俺は祓魔師《エクソシスト》だ。生活指導しに来たわけじゃねえよ。何かあったらそこに連絡しろ」

少年たちは好き勝手に教師の悪口を叫びながら、大笑いしてどこかへ走り去ってしまった。

男性教員は息を切らしてやってくるなり犬塚に抗議する。

「ちょっとぉ……何で行かせちゃったんですか⁉」

「悪いな。校長センセーに目立ったことはするなと釘を刺されてるもんで」

宮部のいる教室に向かう途中、真白は犬塚を咎《とが》めて言った。

「もう！　さっきの先生も言ってましたけど、なんで逃がしちゃったんですか？　ちゃんと学校に来て偉いとか言ってたのに台無しです！」

「うるせえ……ハミダシモノにはハミダシモノの居場所や流儀があるんだよ。今のあいつらに必要なのはお説教じゃねえ。逃げ込める自分たちの居場所だ」

「はみ出さなくたって、真面目になれば学校がそういう場所になる可能性だってあります」

それを聞いた犬塚は鼻で笑うと真白の方を真っ直ぐに見て答えた。

「本気で言ってんのか？　あいつらの状況や振る舞いに理解を示す教師がこの学校の何処にいんだよ？　あいつらの居場所になるっていうのは、あいつらの苦しみに向き合うってことだ……自分の保身やルールを守ることしか考えねえ奴は、ハミダシモノを矯正して型に嵌めることしか考えねえ。俺から言わせれば、そんなもんは虐待と同義だ」

思わず言葉に詰まった真白を置いて犬塚は教室の方へと歩いていった。追憶の森に埋《うず》めて来たはずの幼い自分が腐葉土の底でわずかに蠢いたのを感じる。

ルールに徹することで葬ったはずの自分と彼女……

真白はその考えを振り払うと、犬塚の後を追って駆け出した。

背後に茂る鬱蒼《うつそう》とした森の奥には赤い服を着た少女が声もなく佇《たたず》み微笑んでいる。

幼い自分と共に森の奥に埋めて来たはずのもう一人の少女が。

ガラガラと教室の扉が開く音が響いた。

すると席についた生徒たちは一斉に音のした方に向かって首を動かす。

その顔には皆、嫌にリアルな動物の顔が張り付いていた。

異様な光景に二人は思わず身じろぎする。

生徒たちは示し合わせたように誰も口を開かずに、こちらを見つめて固まっている。

うさぎの目は吊り上がり、たぬきの目は虚ろで、犬の目は……はみ出てだらりと垂れ下がっている。

誰が誰だか分からない……

それだけでこれほど心が騒ぐものなのか……

真白はゴクリと息を呑んでから生徒たちに声をかけた。

「宮部くんいるかな？　話を聞きたいんだけど？」

するとクスクス、クスクスとざわめきが教室を埋め尽くし、またしても図ったように一斉に、生徒たちは一人の生徒を指さした。

指の先にはトカゲの仮面を被った男子生徒が座っている。

犬塚がそこに向かおうとするのを真白は遮り小声で言う。

「わたしが行きます。犬塚さんだと警戒すると思うので……多分ですけど」

犬塚は宮部を一瞥するとその言葉に納得したのか両手を上げて引き下がった。真白はそれを確認してから宮部の方にゆっくりと歩み寄っていった。

「こんにちは」

その声で宮部はゆっくりと仮面をずらした。そしてにやりと笑みを浮かべて手の平を上げてみせる。

「今日もお話を聞かせてくれるかな?」

相変わらず教室にはクスクスと笑い声が響いていた。

真白が席の前に立つと宮部はまんざらではないという顔をしつつも勿体《もったい》つけて言う。

「構わないよ……それでお姉さんの気が済むならね」

「ありがと。じゃあさっそくなんだけど、蘇我くん達の話を聞かせてほしいんだ」

その言葉で宮部の表情が変わった。部屋を満たしていた笑い声もピタリと消えて不気味な静寂が訪れる。

宮部は怪訝《けげん》な顔を浮かべて低い声で繰り返した。

「蘇我……？」

「うん。蘇我くん達がご両親のことで悩んでたり、そういう話知らないかな？」

宮部は口を開けて大きく何度も頷きながら上体を反らして腕を組んだ。

「なるほどね……彼らの親が悪魔憑きかもしれないと考えているわけだ……」

「そうじゃないよ。なかなか本人たちに話を聞けないから、誰か知ってる人はいないかと思って」

淀《よど》み無く返す真白に宮部は怪訝そうに目を細めて尋ね返した。

「ふーん。でもどうして僕に？　僕は彼らのことなんて知らない。興味も無いね」

「そうなの？　じゃあ、あの子達はどんな仮面を被ってるか教えてくれないかな？」

それを聞いた宮部は水を得た魚のように言葉を紡いでいく。若干の嫌悪を含んだ言葉が淀み無く口から溢れ出す。

「彼らは言ってみれば獣の仮面を被った臆病者なんだよ。強くあることで自分を守ってるんだ。そのせいで周りにどれだけ迷惑がかかるかなんて考えもしないでね……自分達の虚栄心の為《ため》に犠牲になる他の生徒達のことも少しは考えて欲しいよ。それに教師も授業を放りだして彼らを追いかけて……思《おも》う壺《つぼ》だってことがわからないんだ！　でも僕には見えるんだよ。彼らのペルソナが……！　周囲の気を引くために迷惑行為を繰り返す……きっと彼らの親も同類なんじゃないかな？」

真白の予想に反して、力説する宮部に動揺の色は見られなかった。蘇我達と別れたのが苦渋の決断だったなら、何かしらの動揺が見られると思った真白は対応に困ってしまう。

本心から思っている……？

あてが外れた真白は、仕方なく宮部自身の話題に話を戻すことにした。

「じゃあ、宮部くんはどうかな？　何かご両親のことで困ってることはない？」

「別に無いよ……母と父は仲が良くないけど、それもとうとう解決の糸口を見つけたんだ……」

「解決の糸口？」

「そうだよ。もういいかな？　僕もこう見えて忙しいんだ」

机の中の暗がりにちらりと目をやった宮部がボールペンをカチカチと鳴らしながらそう言った。

下手に詮索して警戒を強めるべきではないと判断し、真白は笑顔を浮かべるとその場を去ることにする。

犬塚は真白に合流するなり待ち切れないといった様子で尋ねた。

「どうだった？」

「それが、怪しい所はやはり見当たりません……個性的ではありますが至極真っ当な受け答えでした」

「違和感もねえのか？」

「はい……強いて言うなら、蘇我くん達のことは本気で好きじゃなさそうでした。もしかすると、本当にただの喧嘩《けんか》別《わか》れなのかもしれません。それより、あのクラス……何か変じゃありませんでしたか……？」

「ああ。蘇我の名前が出た途端空気が変わった。やつらが相当悪さしてるか、あるいは……」

廊下でそんなことを話していると教頭の野津が険しい表情を浮かべて近づいてくるのが見えた。野津は二人のそばに立つと「ちょっと来てください」と一言囁き踵《きびす》を返した。

野津に連れられて校長室に入ると、机に座った金沢が以前とは別人のように自信に満ちた表情で二人を出迎える。

「なんでもお二人……アキラくんのことを嗅ぎ回っているらしいじゃないですか？」

「何か問題でも？」

真白が言うと、校長は恵比寿顔《えびすがお》のまま黙っていたが、やがて深い溜め息をついて言う。

「アキラくんのご両親はPTAの役員も務める立派な方です……教育熱心で学校運営にも協力的な立派な方です。虐待などあり得ない……！　昨夜も〝学校の風紀を祓魔師《エクソシスト》が乱しているのではないか〟とご指摘の電話がありました。教師陣に解決できないような問題があるなら教育委員会への報告も考えているそうです……」

「それが俺達に、虐待されてるガキにどう関係してるのか教えてもらいたいね……？」

犬塚は凄んだが、金沢は相変わらずの恵比寿顔のまま狼狽《ろうばい》する素振りを微塵も見せずに答えた。

「おたくがそういう態度を取るなら、こちらにも考えがあるんですよ……？　とにかく、これ以上アキラくんに関わらないでください。さもなくば、法王庁にあなたがたの横暴な態度と捜査を直談判させていただきます。よろしいですね!?」

金沢は深々と椅子に腰掛けながら二人を見据えた。昨日のような狼狽の色は全く見られない。野犬のような威圧感を出す犬塚を前にして崩れぬ恵比寿顔には薄ら寒ささえ感じてしまう。

それでも食ってかかろうとする犬塚の裾を摑み、真白は小さく耳打ちする。

「明らかに昨日と態度が違う。すでに法王庁と繫がってるのかも……」

それを聞いた犬塚は歯ぎしりすると、真白の手を振り払って金沢に背中を向けた。

「わかりました。アキラくんへの聞き取りは中止します」

「お願いしますよ。祓魔師《エクソシスト》のお二方……」

真白の言葉を咀嚼するように頷きながら、校長はやはりニタニタと笑っている。

昨夜京極から釘を刺された二人は、これ以上の摩擦を生まぬためにもそそくさと校長室を後にした。

「アキラくんに直接話を聞けなくても出来ることはあります。聞き取りを調査を続けましょう」

そう言いながら前を進む真白は拳をきつく握りしめていた。

犬塚はそれをちらりと見やり黙って後に従うと、校庭の方からボン……ボン……と、学園祭の始まりを告げる花火の音がした。

窓から見やると赤と青の煙が風にさらわれ消えていくのが目に留まる。

校庭では仮面を付け仮装に身を包んだ生徒たちが甲高い声で叫びながら思い思いの方角へ散り散りに駆けていくのが見えた。

それを見て犬塚は舌打ちする。

「あの様子じゃ、誰もじっくり話を聞かしちゃくれそうにないな……」

「そうですね……」


あちらこちらでひっそりと、それでいて確かに、悲鳴にも似た狂宴の声がする。

匿名の仮面は、隠された本能を呼び覚ます力があるらしい。

女子に背後からしがみつき走り去る男子。

意中の男性教員にしなだれかかる女子。

仮面の下半分をずらして公衆の面前で舌を絡ませる二人の少女。

それを囲む群衆からは黄色い悲鳴が沸き起こり、正体を暴かんと様々な名前が飛び交っている。

パイを手に教師を追い回す生徒達もいれば、出店から商品を奪って走り去る者もいる。

なぜ教育熱心に見えたあの校長が、このような事態を看過しているのか真白は不思議に思った。

真面目で誠実に見えた生徒たちが、これほどまでに邪悪に豹変《ひょうへん》したのか不思議に思った。

しかしその光景を目にするうち、これが一種の開放《カタルシス》として作用していることが理解《わか》ってくる。

戦禍が過ぎてなお抑圧され、傷ついたままの心の有り様を、真白はまざまざと見せつけられたような気がした。


沈痛な面持ちの真白と引き換えに、犬塚は興味なさそうに校舎にもたれかかって最後のセブンスターに火を点けた。

「ちょっと……！　校内は禁煙ですってば！」

犬塚は真白をちらりと見てから、紫煙を吐いて言い放つ。

「こんな状態でルールもクソもあるかよ……戦争以来、この世界は病んじまったんだ。怒りと恐怖、虚無感と不満の捌《は》け口《ぐち》を探して、連中は血眼だ。おキレイなのは聖教会と法王庁のお偉いさんくらいだ……それだって裏では真っ黒だろうがな」

「と、取り消してください！　背信行為を疑われますよ!?」

真白が叫んでも、誰もその声に耳を傾けるものはいなかった。複数の生徒が毒々しい衣装を靡《なび》かせて二人の前を走り去っていく。犬塚はその間、真白をじっと見据えて黙っていた。

「お前……教会が正義だって……本気で思ってんのか……？」

やっと口を開いた犬塚の言葉で、真白の心臓がどくんと跳ねた。置き去りにした過去が再び顔をもたげそうになり、真白は慌てて言葉を返す。

「教会が世界に敷いた教理は人々を悪魔から守っています。そこに善悪の問答をする余地はありません……！　この学校の子どもたちだって。協力的で良い子たちばかりでした。神の名に誓って嘘は言わないと宣誓してくれた子たちもいます……！　神に捧げる善行だと言って自ら協力を進み出た子だって……！」

それを聞いた犬塚の目には冷たい鈍色《にびいろ》の光が揺らめいていた。

それはどこか、真白の持つ刀の輝きに似ている気がした。

善でも悪でも、触れれば切り裂くような鋭さを宿した光。

犬塚は真白を睨みつけたまま重苦しい声で言う。

「教理に当てはめれば、確かにここのガキどもは善良なんだろうさ。だが……あいつらは蘇我達を虐《いじ》めてる」

真白は言葉を失った。

それと同時に、今まで感じていた違和感が一つの絵になって脳裏に浮かんだ。

「そうか……クラスの名簿には蘇我くん達の名前があったのに、あのクラスには……彼らの席が無かった……」

「そういうことだ。蘇我達の名前が出たときの奴らの反応も納得できたか？　教師たちも悪魔憑きを恐れてる。精神的虐待と言わなければ、真っ先にあいつらが疑われてただろう。校長は安堵したみたいな顔で不良がいるとのたまいやがった……本心ではあいつらを追い出す決定的な口実が欲しいのさ。この学校にあいつらの味方は一人もいねえ」

その時、遠くで怒声があがった。

それに伴い生徒たちの悲鳴が聞こえてくる。

二人が駆けつけると、そこには釘バットを振り回す蘇我達の姿があった。

舞台に並んだ小道具を薙《な》ぎ払い奇声を上げて踊り狂っている。

「いいかてめえら!?　俺達を追い出そうとしても無駄だ……！　卒業するまで、俺達は絶対にお前らの隣に居座ってやる！」

覆面を被った蘇我達は発煙筒に火を点けて客席に投げ込んだ。

またしても悲鳴が上がり人の群れがワッと割れる。

それを見て蘇我達は大笑いした。

「くそが……あの馬鹿……やりすぎだ……」

犬塚が蘇我達を止めに行くより先に教師たちが群れをなして舞台にあがり、蘇我達を取り囲んだ。

さすまたを持ったゴリラ岡が蘇我を地面に押し倒し、唾を飛ばしながら何かを叫ぶと会場から歓声が沸き起こる。

一人、また一人と不良たちは取り押さえられ、何処かに連れて行かれた。

会場はそれを見て大いに盛り上がり拍手と口笛が鳴り止まない。

犬塚はそれを見届けると小さく舌打ちしてその場を去ってしまった。

真白は一人その場に残り、狂乱の観客たちを見つめた。

仮面を被った子どもたちは、不気味で、とても恐ろしく見えた。


結局めぼしい成果は挙げられぬまま黄昏《たそがれ》が訪れる。それどころか、真白の心はぐるぐると掻き乱されて落ち着かない。円滑に捜査を進められない苛立ちと、いまだに尻尾を摑めずにいる悪魔憑きの存在。それに加えて自分の信じていた正義がガラガラと音を立てて今にも崩れそうになっていた。

夕日に焼かれた焦燥感が、ぐつぐつと胸の中で膨らみ、マグマのように弾《はじ》けて固まった。

やがてすべての出し物が終わり、生徒たちは校門をくぐって街へと繰り出していく。商店街では夏至祭のフィナーレである舞踏会と花火大会があるらしい。

生徒たちは家路につかず、仮面を被ったままぞろぞろと商店街の方へと歩いていく。

随分と輝きを弱めた四時過ぎの太陽に、チャイムの音が重なり合うと、校内にはなんとも形容し難い哀愁が漂った。そしてそれは夜の訪れが近いことを意味していた。

長く伸びた影の中に、西日の届かぬ校舎の裏に、すでに暗闇の気配が息づき始めたころ宮部はぞろぞろと群れを成す学友達を避けるようにして商店街とは反対にある繁華街の方へと向かって歩いていた。

彼が何処に向かっても気に留める者などいない。しかし今の彼にとって、それはとても都合が良かった。

彼にはどうしても確認したいことがある。確認しなければならないことが……

宮部は繁華街の入口にたどり着くと、そこから漏れ出る独特の空気に気持ちが怯んだ。猥雑《わいざつ》としていて、何処か危なげで、微かに暴力の臭いがする。しかし少年は意を決してアーチをくぐると雑踏の中に紛れ込んでいった。

黒のビートルにもたれかかり押し黙る真白の隣では、犬塚が苛々と足踏みしていた。どうやらタバコが切れたらしい。

「くそが……大体あの校長……昨日は宮部のことを……」

そこまで言って、犬塚の動きが止まる。真白はそんな犬塚を見て不思議そうに尋ねた。

「昨日宮部くんの何ですか？」

「待て。風が変わった。宮部のニオイがする……」

犬塚は天を仰いで目を閉じて嗅覚に集中する。

「宮部くんですか？　そりゃここは学校ですし、どこか近くにいるでしょうから……」

「違う……このニオイ……繁華街の方からだ……」

「繁華街……!?」

それを聞いて真白の目の色も変わる。

「ああ……しかも宮部のニオイに混じって焦げた臭いがする。おそらく宮部は火事の現場近くにいる……」


犬塚の言葉通り、宮部はおどおどしながらもまっすぐキャバクラのある風俗街の方へと進んでいた。窺《うかが》うように目を上げれば周囲のきらびやかなネオンがいかがわしく、呼び込みをする男たちの目は獲物を狙う爬虫類《はちゅうるい》のようにぬめぬめとした光を放っている。

「ほら見て……」

ふいに聞こえた声にどきりとして振り返ると、仮面を被った二人連れの女がこちらの方など見もせずに人の流れに乗って遠ざかっていく。

「おい……!!」

再び背後で、今度はどすの利いた野太い声が響き、思わず宮部の身体が跳ねた。

恐る恐る視線を上げると青ざめた馬のマスクを被った筋骨隆々の男が仲間の胸を小突いて大笑いしている。宮部は安堵のため息をつくと目的の場所へ急ぐことにした。

道行く人々の視線が一様に自分に向けられているような気がして怖い。耳に入る全ての笑い声が、自分を嘲笑っているように感じられる。

道行く人々の顔をなるだけ見ないようにして、宮部はうつむき加減で足早に歩いた。

人々は一様に不気味な仮面を被っていた。それは何も謝肉祭の仮面に限らない。その薄っぺらなペルソナの裏側は簡単に透けて見えてしまう。

そこにあるのは死んだ魚のように淀んだ目だ。

笑いながら、ふざけながら、自分のことをからかう級友達の目を思い出して宮部は唇を噛み締める。

蘇我達のように無視されているわけではなかったし、帰れ帰れとなじられることもない。

それでもどこか周りと違う自分を、級友達は見逃さなかった。

何かに付けて前に立たされ、笑い者にされる。

それでも宮部は笑顔の仮面を被って、その群れになんとかしがみついていた。

不安と緊張でバクバクと胸が音を立てる中、宮部の視界の端にふと見慣れた影が映り込む。

心細さのためか、宮部は思わずその影を目で追った。そこには焼け焦げたビルが立っており、立入禁止の黄色いテープが張られている。どうやらそこも風俗店らしく、焼け残った照明付きの路上看板には口にするのを憚《はばか》るような恥ずかしい店名が書かれていた。

しかし宮部の目に留まったのはそれではない。焼け跡をじっと見つめる、自分と同じ制服を来た一人の少年がそこには立っている。

いったい誰だろう……？

よく見るとその後ろ姿はクラスメイトのもののようだった。

あいつ……休み時間も参考書ばかり呼んでいるガリ勉の……

そのくせ受け答えは堂々としていて、教師たちの評価はすこぶる良い……

そんな優等生がどうしてこんな場所に……？

宮部の胸の内で恐怖が薄れ、代わりに興味が湧いてきた。人混みをかき分け近づいてもなお、少年は微動だにせずこちらに背を向けたまま固まっている。

カチカチ……

宮部は無意識に胸ポケットに仕舞っていたボールペンを手に取って音を鳴らしていた。緊張を和らげるための癖だということに本人は気づいていない。

カチカチ……カチ……

宮部はもっとよく見ようとさらに少年に近づいた。その時急に、周囲を覆っていた雑踏がフッ……と遠のくのを感じて宮部は驚き辺りを見渡す。

視線を戻すと、まるでスポットライトに照らされたように、少年だけが光の中に立っていた。

行き交う人々はそんなことには気づかない様子で二人の間を素通りしていく。

ビルのネオンがジー……と音をたて、不安定に明滅したような気がした。

どくん……どくん……

心音が大きくなっていく。それと同時に、視線の先の少年はゆっくりと首を動かし始めた。

どくん……どくん……

見られてはいけない……！

そう思ったが身体が言うことをきかない。スポットライトを浴びた少年は確実にこちらを振り返りつつある。

どくん……どくん……！

とうとう少年がこちらを振り返った。

やはり少年も仮面を被っている。

しかしそれは謝肉祭のための動物面などではない。

厭《いや》に白い、のっぺりとした、能面のような顔。

少年のその白い顔には深く暗い亀裂が縦横無尽に走っている。

そのひび割れの奥には深い暗黒を思わせる瞳が黒々と浮かんで揺れていた。

普段目にする彼とは似ても似つかないその顔に、宮部は思わず息を呑んだ。

少年はパキパキと表情を崩しながら口を開けて、口内の闇をも露《あら》わにする。

「ぎ、ぎゃあああああああああ……!!」

口の中を埋め尽くす命を吸い込むような虚無の気配に、宮部は思わず悲鳴を上げて後ずさると、全速力でその場を逃げ去った。

†

「行くぞ新米！」

繁華街の方へ向かう犬塚の手を摑んで真白が叫ぶ。

「待ってください！　校長からはこれ以上アキラくんに関わるなと……室長からも慎重に捜査するよう言われてるんですよ!?」

犬塚はそれを聞くと真白の手を払いのけて言った。

「馬鹿か!?　いいかよく聞け優等生……俺達は今から火事の現場を調べに行くんだよ!!」

「……!?　なるほど……あくまで悪魔憑きの捜査ということですね……許可します！」

その時二人のデバイスのアラートが同時に鳴った。見るとそこには魔障反応の文字が踊っている。

「魔障反応!?　繁華街からです！」

「決まりだな……宮部が関わってるのは間違いねえ……！」

犬塚の嗅覚を頼りに二人は繁華街へと走った。人混みをかき分け奥へ奥へ進むうち、真白の鼻でも感じるほど焦げた臭いが強まっていく。

「近いぞ……！」

犬塚の言葉通り、すぐに焼け焦げた雑居ビルが姿を現した。すでに多くの者の関心から外れてしまった焼け跡は、黙ったまま黒焦げで佇んでいる。

「通学路の火事も魔障絡みで間違いなさそうだな……あそこが何屋か確認しておくべきだった……」

そこまで言って墓穴を掘ったことに気づいた犬塚はちらりと真白に目をやった。

案の定したり顔でこちらを見ながら、真白が平然と言ってのける。

「だから調べるべきだったんです。ちなみにあそこは駄菓子屋です……！」

「何でそんなことが分かる……？」

犬塚は苦虫を噛んだような顔でボソボソと言った。

「わたし、この目でちゃんと見てましたから！　犬のお面や、溶けた食玩、焼けたアイスストッカー、あそこは十中八九駄菓子屋で間違いありません」

その時わずかに真白の目が紅《あか》く光ったように見えて犬塚は目を細める。

「良い目をお持ちだことで……」

負け惜しみのように言う犬塚を無視して真白は焼け跡に近づいていった。

「魔障反応はここからです」

真白が黄色いテープの前に立って振り返ると、犬塚は再び鼻をひくつかせて地面のニオイを嗅ぎながら何かを探していた。

「先輩！　何やってるんですか！」

怪訝な顔で犬塚を見る通行人達に気がついて真白は声を上げたが、犬塚はそれを無視して地面にしゃがみこんだまま何かを拾って言った。

「宮部のニオイがする……」

犬塚の手に握られた残骸に真白は見覚えがあった。踏まれて割れてしまっていたが、それはまぎれもなく宮部がカチカチと鳴らしていたボールペンだった。

「それ、宮部くんのペンです！」

「どうやらあっちに向かって走っていったみたいだな……ペンに付着《つい》てるニオイからして、かなり慌ててたらしい……」

犬塚のその言葉を聞いた真白は眉間に皺を寄せて犬塚に尋ねた。

「前から気になってたんですが、先輩のその嗅覚って虎馬《トラウマ》の能力ですよね……？」

「ああ……まあな」

「ニオイでそんなことまで分かるんですか!?」

真白が尋ねると犬塚は静かに頷いた。

「ああ。分泌されたホルモンのニオイで体調や興奮状態、それに嘘をついてるかどうかも分かる……」

犬塚曰《いわ》く、彼にとってニオイとは本体の分身のようなものらしい。

それは立体的で時系列によって濃度を変える。ゆえに過去の動きを如実に語るという。

そのうえ場合によっては緊張や喜怒哀楽さえも読み取れるというから恐ろしい。

それを聞いた真白は顔を顰めて犬塚に言うのだった。

「先輩……それ、絶対わたしに使わないでくださいよ……？」

自分を睨みつける真白を一瞥してから犬塚が面倒くさそうに答える。

「使わねえよ……興味もねえ……」

しばらくの無言の後、犬塚は再び宮部のニオイを追跡を始めた。

虎馬《トラウマ》。

それは祓魔師《エクソシスト》達が持つ異能の総称で幼少期に魔障絡みの酷い傷を負うことで発症すると言われている。

その傷は肉体的、精神的の区別を問わず、発現する異能は人によって様々だった。詳しいメカニズムや発症条件はまだ謎に包まれていたが、聖教会はそんな虎馬を有する者達を、哀れみと皮肉、そして畏れを込めて虎馬憑きと呼んでいた。

虎馬は大きく分けて二種類に分類されている。

ひとつは〝すでに存在するもの〟を強化する虎型。

もうひとつは〝存在しない能力〟を付加する馬型。

真白はそれ以上深くは尋ねなかったが、これまでの挙動から犬塚の虎馬は嗅覚を強化する虎型なのだろうと推察した。

ちらりと盗み見た犬塚の鋭い目つきがまるで猟犬のようで、真白はそれが自身の推察を裏付けているような気がした。

真白がそんなことを考えていると犬塚は一軒のキャバクラの前で立ち止まって口を開く。

「ここだ……」

〝GIRLS PARADISE《ガールズパラダイス》〟

そう書かれたきらびやかな看板を見上げて犬塚が呟いた。

「本当にこんなところに宮部くんが……?」

「ああ……間違いねえ……それに……まだ中にいる……!!」

そんなやり取りをしていると、ボーイが訝しそうにこちらを見ていることに真白は気付き純白のロザリオを掲げてボーイに近づいていった。

「魔障虐待対策室《ロスト・チャイルド》所属、壱級祓魔師《エクソシスト》の辰巳です。少年を保護しに来ました」

ボーイは大きくため息をついて、やつれた顔で答える。

「勘弁してくださいよ……ガキの次はエクソシストかよ……」

「おい……」

そう言って犬塚はボーイの胸ぐらを摑んだ。

「余計に面倒なことになりたくなかったら、さっさとガキのところまで案内しろ。嫌なら無理やり入ってもいいんだぞ……？」

ボーイは両手を上げて泣きそうな声で言った。

「わかってます……!!　わかってます……!!　すぐに案内しますから……!!」

犬塚はボーイに顔を付けるとそのまま低い声を出して言った。

「おう……それとお前、タバコ持ってるな？　くれよ？　切らしてんだ……」

ボーイが恐る恐るタバコの箱を取り出すと犬塚はそれを受け取りポケットにしまった。

「ちょ、ちょっと!?　普通一本でしょ!?」

「ケチケチすんな……ほらよ」

犬塚は紙幣を一枚ボーイに手渡して言う。慌ててそれをキャッチしたボーイは渋々ながらも納得したようで二人を連れて薄暗い店内に入っていった。

「あそこですよ……」

ボーイが指さす先を見ると奥まった位置にあるシートに腰掛ける宮部の姿が目に留まる。

宮部は手にオレンジジュースの入ったグラスを固く握りしめ、緊張の面持ちを浮かべてはいるものの、隣に座った嬢に大人しく頭を撫でられるその様子からはまんざらでも無いように見受けられた。

「おい……これはどういう状況だ……？」

そう耳打ちした犬塚に真白が首を振る。

「わ、わたしが知るわけないじゃないですか……!?　そ、それに、それを調べに来たんでしょうが……!」

嬢が身に纏う胸元の大きく開いたドレスと、そこから覗くグラマラスな双丘。簡易に区切られたボックスシートでは男達が両脇に座った嬢に腕を回し、その豊満な身体を撫で回しているのが見えた。同性でありながらも真白はその光景に面食らい目のやり場に困ってしまう。

品行方正に生きてきた真白にとって、どうやら夜の世界は刺激が強すぎたらしい。

しどろもどろになりながら叫んだ自分の声量で我に返った真白は、大げさな咳払いを一つしてから宮部のいるシートに向かった。

「宮部くん……こんなところで何してるの?」

思わぬ人物の登場に宮部も大層驚いた様子で、口の端からオレンジジュースがつぅ……と溢れた。それがかえって彼を正気に戻したらしく、宮部はそれを啜り上げると、飲みかけのオレンジジュースを机に置いてうつむき加減に答えた言った。

「と、父さんに会いに来たんだよ……」

「お父さんに!?」

「そうだよ……今夜は母さんの誕生日だから……父さんの仮面に隠された素顔を暴きに来たんだ……」

宮部はカバンの中から不気味な仮面を取り出して二人の前に差し出した。

†

チラチラと後ろを振り返りながら宮部は肩で息をしながら駆けていた。まだ心臓がバクバクと音を立てている。

あいつの仮面……

アレは本物の仮面のお化けだ……

僕だけに見えるペルソナとは違う……

本物の仮面を被った化け物……！

冷静さを取り戻しつつある頭でそんなことを考えながら、ふと宮部が視線を上げるとそこにはきらびやかなキャバクラが立っていた。如何《いかが》わしいネオンではなくエレガントな金色の光でライトアップされた目当てのキャバクラ。

この時間なら……父さんはもう店にいるはず……

宮部は外で客を引くボーイを睨みつけると、覚悟を決めて大股で歩き出した。場違いな少年の姿に気付いたボーイも怪訝な顔で宮部を睨み返す。

「君？　何の用？　ここは子どもの来る場所じゃないよ？　学校に言いつけちゃうよ？」

腕を組んで面倒くさそうにそう言い放つボーイに内心怯みながらも、宮部は引き下がるわけにはいかなかった。裏返りそうになる声を必死で抑えてボーイに告げる。

「お、お父さんに会いに来たんだ……！」

「はあ？　マジで意味不明」

理解する気もさらさらないくせに……

宮部の目に男の素顔は映らない。代わりに白と黒の顔が左右から向かい合った仮面を被っているように見える。その仮面は相手によって態度を変える男の性格を、如実に反映しているように思われた。

育った環境ゆえか、神より賜ったギフトか、はたまた呪いか。思春期を迎えるころから宮部は人の顔に仮面を見出《みいだ》すようになった。無意識が作り出す外向けの仮面《ペルソナ》。宮部の目には父も母も通行人も、誰もが肌身離さず仮面を被って生きていた。しかし自分もまた仮面を被って生きていることを彼はまだ知らないし、この先も気づかず生きていくのかもしれない。

宮部はくすねておいた父親の名刺を取り出してボーイに渡した。訝しげにボーイがそれを裏返すと店の電話番号と嬢と思しき女の名前が書いてある。

「凛花《りんか》さんの常連……はいはい！　宮部さんの子供！」

そこまで言うと男の表情と態度が黒から白へと一変した。

「お父さん来てる？　用があるんだけど……？」

「来てるよ。しゃあない……ついて来な」

男が案内した先には父がいた。嬢をはべらせ満面の笑みを浮かべる、家では見たことのない表情を浮かべる父の姿。恵比寿のような満面の笑みは仮面を被っているようには見えない。

「ありがとう……」

宮部は礼を言って父のもとに向かった。父は相変わらず嬢に夢中で息子の存在に気づく様子はない。そんな男に向かって宮部は声を掛ける。

「お父さん……こんなところで何してるの……？」

「え、な、彰!?　何でこんなところに!?」

父親の顔から血の気が引いた。同じボックスにいた男も異常を察知したようで気まずい表情を浮かべて固まっている。

「ちょっと待ってろ……相澤《あいざわ》さん……ひとまず店を変えましょう……！　凛花ちゃんごめんね！　今度埋め合わせするから！」

父親は押し出すように連れの男を店の外に連れて行くとすぐに宮部のもとに戻ってきて大きなため息をついた。

「彰、何しに来たんだ？　今は大事な取引先の方の接待をしていてだな……断じて父さんは……」

父親の言葉を遮って少年は怒鳴った。

「何しにきたじゃないよ……！　今日は……母さんの誕生日だ！」

それを聞いた瞬間、父親はぎょっとして表情を強張《こわば》らせた。

「忘れてたの……？」

疑いの眼差しを向ける息子に父は慌てて頭を振った。

「そ、そんなわけないだろ……」

「嘘だ。いつも父さんは僕らのことなんか見ずにスマホばかり見てる……家ではいつも虚無に呑まれてる！　職場で無理して笑ってる反動がそうさせるんだ……！　本当の父さんの正体を暴きたいって母さんはいつも言ってるんだよ？　皆がそれを知れば、父さんももう自分を偽らずに仮面を被らずに済むでしょ……？　さっきの人にも、あのお姉さんにも、本当の父さんを見て貰う時が来たんだよ……！」

目を輝かせ奇妙な理論を展開させる息子に、男は狂気を垣間見《かいまみ》た。母親譲りと見られる得体の知れない狂気の片鱗《へんりん》を。

背筋に冷たいものが走り、男はごくりと息を呑むと息子の両肩を掴んで捲し立てた。

「父さんだって仕事で仕方ないんだ……！　仕事は家族の為だ……！　父さんにはお前たちを養っていく使命があるんだよ!?　お前も、もう大人なんだから分かるだろ？　付き合いとか、接待とか、やりたくない仕事でも黙ってこなすのが社会人ってもんだ……ぺ、仮面《ペルソナ》だよ！　お前もよく言ってるだろ？　仮面《ペルソナ》を被って作り笑いで耐えてるんだ！」

息子の表情からは何を考えているのか読み取れず男は固唾を呑んで反応を待つしかない。そんな父の気持ちなどつゆ知らず、宮部の頭の中では〝大人〟の二文字がワンワン……とリフレインしていた。

にやりと妖しい笑みを浮かべた息子に、父は再び鳥肌が立てる。

「分かるよ……僕ももう……大人の男だからね……」

そう言って宮部は両肩に置かれた父の手に、自分の手を重ねる。しばらくはそうしていたが結局その手触りに耐えられず、男はそっと手を離して息子の手から逃れて言った。

「あとでケーキを買って父さんもすぐ帰る……今日のことは内緒だぞ？　男の約束だからな……？」

そう言って父親は息子に一万円札を握らせると、頭に手を置きぐしゃぐしゃに撫でた。

今まで一度も体験したことのない父の振る舞いに宮部が呆気にとられていると、男はその隙をついて馴染《なじみ》の嬢のところに駆け寄り耳打ちする。

「オレンジジュースでも出してやってくれ……これ迷惑料。ジュースを飲んだら外まで送ってやってくれないかな？」

「はーい！　また来てくださいね？　待ってますよ？」

嬢はそう言って奥に引っ込むとジュースを載せた盆を持って宮部のもとに向かった。ニヤニヤと照れくさそうな笑みを浮かべる息子に手を振り、男は店を出ていった。

†

宮部はそこまで話すと真白の顔をまっすぐ見つめて自信たっぷりに言った。

「わかっただろ？　僕のお父さんはペルソナを被って生きてたんだ。だけど僕とお母さんはそのことをちゃんと見抜いてたんだよ！　家では何を聞いても〝うん〟とか〝ああ〟しか言わないけれど、外では違う……作り物の笑顔をべったり貼り付けて……そんなことばっかりしているから、家では虚無に支配されてしまうんだ。お母さんは毎日言ってる。あなた、少しは外でしているみたいに、家でも笑ったらどうなの!?　ってね……僕もお父さんが虚無に支配されないように、外で被ってるペルソナを脱ぐべきだって言ったんだけど、お父さんは〝そんなもの被ってない〟って言って聞かなかった……でも今日、ついに証拠を摑んだんだ……！」

そう言って宮部は勝ち誇ったようにキャバクラで接待に勤《いそ》しむ父の画像を差し出した。

宮部が掲げた端末の中では、キャバクラ接待に勤しむ父親が、満面の笑みで嬢の艶《なま》めかしい太腿に顔を埋《うず》めている。

「これがお父さんのペルソナだよ……本当の自分は根暗で無気力なのに、外では周りによく見られようと必死なんだ……！　その反動が、虚無を生み出すってことを、お父さんは分かっていない……いや。分かりたくないんだ……でもついに、今日、僕の眼の前で、それを、認めた！

僕のことも、一人前の男として認めてくれた……！　あんな風に頭を撫でて笑ってくれたのは初めてだった……」

そう言って遠くを見つめる宮部は陶酔しきった恍惚《こうこつ》の表情を浮かべている。

真白は困ってしまい、何と声をかけるべきか悩んだ挙げ句、助け舟を求めて犬塚にちらりと視線を送った。

犬塚は面倒臭そうに頭を掻きむしりながら大きな溜め息をつくと、宮部に向かって口を開く。

「親父に認めてもらえてよかったじゃねえか……それよりお前ここに来る途中、誰かに会わなかったか？」

その言葉を聞くなり、宮部の表情が固まった。うつむき加減で目だけ動かし犬塚を見つめると低い声で言う。

「会ったよ……本物の仮面を被った化け物に会った……会ったっていうよりは……見たって感じだけど……」

「仮面の化け物だと？　どんな奴だ!?」

すると宮部はニヒルとも表現しがたい独特の笑みを浮かべながら気取った声で答えて言った。

「仮面で誤魔化してたけど僕にはわかる……あれは……同じクラスの……アキラくんだった」

「アキラくん……!?　あなたがアキラくんじゃないの!?」

真白が思わず声を上げると、宮部はきょとんとした顔で言う。

「何を言ってるの？　僕はショウ。宮部彰《みやべしょう》だよ。アキラくんっていうのは足立命《あだちあきら》のことだよ……あの優等生の……」

紙ナプキンにアキラのフルネームを書いて差し出しながら宮部が言ったのを聞いて犬塚は真白に目をやり小さく唸った。

「おい……壱級祓魔師《エクソシスト》……！」

「すみません……てっきりそっちはミコトちゃんだと思ってました……アキラくんが二人いるなんて思わないじゃないですか!?　名簿は振り仮名ふってませんし……」

「思い込みで性別まで間違ってたのかよ!?　どうりでおかしいと思ったんだ……教頭は宮部の家が怪しいと言い、校長はそれに同調した。それなのにアキラの捜査を始めた途端、手のひらを返したように捜査を辞めるように言ってきやがって……！」

「き、気づいたことがあるならすぐに共有してください！」

「うるせえ！　言おうとしたら魔障反応の警告音《アラート》が鳴ってそれどころじゃなかったんだよ！」

その時またしても犬塚のデバイスから呼び出し音が響いた。見るとそれは知らない番号からの着信だった。

「誰だ？」

デバイスに向かって犬塚が問いかけると、囁くような低い声が返ってくる。

「犬塚さん……俺っす……今朝生活指導から逃がしてもらった蘇我……話があるんすけど

……」

「緊急の用か？」

「…………アキラのことっす……多分……火事にも関係あると思う……」

真白に目をやると、黙って頷くのが見えた。

「わかった。すぐ行く。場所は？」

二人は宮部にすぐ家に帰るよう伝えると、店を出て待ち合わせの河川敷に向かった。橋の下には蘇我達が座り込んでいるのが見える。

「ちわっす！　犬塚さん……！」

「うるせえ。さっさと話を聞かせろ」

犬塚がムードメーカーをあしらいそう言うと、口を固く結んだ蘇我が覚悟を決めように口を開いた。

「実は俺達……本当は火事の犯人を探してたんすよ……」

「何で君達が放火犯を？」

真白の問いに一同はしばし黙りこくっていた。いつものおちゃらけた雰囲気が今は無い。そんな中ムードメーカー役の少年がボソ……とこぼした。

「アキラが犯人なんじゃないかって……」

「どういうことだ？」

眉を顰めて尋ねる犬塚に蘇我は落ち着かない様子で早口に答えた。

「俺達、夏至祭で暴れてセンコー達に捕まって教室に閉じ込められてたんすよ……だから窓から脱走しようってことになって、窓から外に出たら、アキラが繁華街の方に行くのが見えたんす……夏至祭の日に商店街じゃなく繁華街に行くって、俺等からしたらありえないんすよ……本物のヤクザとか、ヤバい先輩達がハメ外しまくってるし、俺等は何ていうか……目ぇつけられてるし……だから俺達、アキラを尾行《つけ》たんすよ。そしたらあいつ、ピクリともせずに黒焦げのビルを見てて……その顔が……すっげえヤバくて……犬塚さん……やっぱりあいつが犯人なのかな……？　あいつ……人殺しになっちゃったのかな……!?　俺達のせいで……」

「落ち着け。なんでアキラがやったと思う？　俺達のせいってどういう意味だ？　お前ら、何か知ってんのか？」

犬塚に両肩を摑まれた蘇我はそのまま俯くと途切れ途切れに話し始めた。

「あいつ、俺等のグループに来なくなってから、どんどん変になって……だから元気だしてやろうって……俺達……」

†

「おい……なんで集まり来ねえんだよ？」

「ああ……僕らも来年には受験生だろ？　勉強しないと。皆もそろそろ将来のこととか考えたほうがいいんじゃない？」

蘇我の呼びかけに振り向いたアキラは屈託のない笑みを浮かべてそう言った。机に広げた参考書を奪い取っても、慌てる素振りや怒る素振りは見せない。

「僕って……それ何のキャラだよ？　アキラ……お前最近変だぞ？　ちょっと面貸せよ！」

「そんなことないよ。前までが異常だったんだよ。ちょっと火遊びがしたくてさ。反抗期みたいな感じだよ」

「本気で言ってんのかよ……？」

「うん、将来のために、一流になるためにも、今は大事な時期だからね……」

アキラは鞄《かばん》から取り出した理科の用語集を目で追いながら言った。わざとらしさはまるで無い。

自然と口をついて出た本心のような言葉が、かえって蘇我の気持ちを逆撫でる。

「一流って……お前、親父みたいにはなりたくないんじゃなかったのかよ……？」

いつしか誰の顔からも笑みは消えていた。

裏切り者を見るような冷めた目が、揃ってアキラをじい……と睨みつけている。

「考えが変わったんだ。でも、僕の勝手だろ？」

その言葉が、ずぶりと蘇我の胸を抉《えぐ》った。しかし蘇我はその痛みを否定するように怒りを露わにして言う。

「は……？　何が勝手だよ……？　仲間だろ？　何勝手に変わってんだよ……？　俺等に相談もなく……何勝手に変わってんだよぉお？　おい!?」

殴りかかろうとする蘇我を仲間たちが止めたが、アキラは微笑を浮かべて憐れむようにその様子を観察している。蘇我は仲間を振り払うと、持っていたカバンのファスナーを開いて中身を机の上にぶちまけて叫んだ。

「お前が変だから……俺等、元気だしてやろうって無い金かき集めて買ってきたんだぞ……!?仲間だから盗んだやつじゃなくて買ったんだよ……!!」

机の上にはケバケバしいピンクの山が出来ていた。扇情的な女たちが挑発的なポーズでアキラに微笑みかける。

アキラはそれを見つめてゴクリと唾を呑んだ。

その顔からは先程まで浮かべていた余裕の笑みが消えている。

「穢らわしい……」

「え……？」

アキラは机の雑誌を摑み上げるとそれを地面に向けて叩きつけた。

ページが折れ曲がり、女の顔が潰れる。それを踏みにじりながら怒りの眼差しを次なる雑誌へ向けると、アキラはそれを手に取り無茶苦茶に破り始めた。

「おい……!!　何すんだよ!?　お前のために買ってきたんだぞ!?」

怒鳴る蘇我の声を無視してアキラは次々と雑誌を破り捨ててはグリグリと踏み躙りながら叫んだ。

「ああ穢らわしい……!!　なんて穢らわしい……!!　燃やさないと……燃やして清めないと……!!」

そう言ってアキラは床に落ちた蘇我のカバンへと駆けより、中からライターを取り出した。

「おい……!!　どうしたんだよ!?　何がそんなに気に食わねえんだよ!?」

少年たちは必死で叫んだがアキラの耳には届かない。

アキラは破いた雑誌を火で炙りながら、虚ろな瞳を爛々《らんらん》と輝かせて呟いた。

「不浄な女ども……!　男を誑《たぶら》かす魔女共に炎の制裁を……!」

†

「あの時のあいつ……普通じゃなかった……」

事の顛末《てんまつ》を話し終えると、蘇我は唇を強く噛んで眉間に皺を寄せながら地面を睨みつける。

「あいつ……俺等のせいで放火魔になっちゃったのかな？　一軒目の駄菓子屋も……俺等がよく屯《たむろ》してる場所だったんだ……火事で店のばあちゃん死んじまって……俺等がエロ本なんか渡

したから、あいつおかしくなって放火魔になって人殺しになっちゃったのかな……？　真犯人捕まえて、アキラじゃないって思いたかったけど……繁華街のビル前にいたあいつ、エロ本燃やした時と同じ顔してた……犬塚さん……あいつ逮捕されちまうのかな？」

「落ち着け。まだアキラが犯人と決まったわけじゃねえ。何よりお前らのせいじゃねえよ。全部クソッタレの悪魔憑きのせいだ」

それでも蘇我は、まるで懺悔《ざんげ》でもするかのように俯いたまま口を開く。

その肩と声は小さく震えていた。

「でも……もし、あれが原因でアキラがばあちゃんを殺しちまったなら……俺……どうしたらいいかわかんねえよ……駄菓子屋のばあちゃんは……俺等のたった一人の味方だったんだ……」

†

「こーら悪ガキども！　まぁた来たんかい!?」

言葉と裏腹に老婆の顔は優しい笑みを浮かべている。

少年たちは照れたような誤魔化すような表情を浮かべながらヘラヘラと老婆に近づいていった。

「なんだ？　学校でまぁた虐められたんか？」

「虐められてねえよ！」

蘇我が言い返すと、老婆は鼻を鳴らして目を細める。

「青二才が強がるんじゃないよ!? べそかいた跡が残ってるぞ？」

「はぁ!? かいてねえわ！」

そう言いながらもさり気なく頬を拭う蘇我を見て老婆はカラカラと笑った。

「いいか悪ガキども？ よぉく聞け？ 今は無理でもいい。世界と人様に愛される生き方をしろ？ 相手がどれだけお前らを無下にしてもだ！ 互いに背を向けちまったら、その間に出来た溝は深まるばっかだぞ？ そしたら世界から孤立するぞ？ 今はこのばあちゃんが、しっかりお前らと世界を繋げてやっから心配すんな？ でもな、お前らが大人になる頃にはばあちゃんも死ぬ！ その前に！ 世界と人様に愛される生き方を見つけろよぉ？」


それは耳にタコが出来るほど繰り返された言葉だった。

それを聞く度に、なぜだか胸が張り裂けそうになって、泣きたいような気持ちになる。

自分たちを抱きとめてくれる骨ばったか細い腕と、腰の曲がった小さな身体。

いつか訪れる別れの気配を、色濃く宿した老婆の姿。

それでもまさか何の前触れも挨拶もなしにこんなにも早く別れが来るとは思っていなかった。

爺《じい》さんが残した宝物の商店と一緒に、生きたまま焼き殺されたばあちゃんを思うと、悲しみよりも先にどす黒い感情が心を満たしてしまう。

犯人が見知らぬ誰かなら、きっと躊躇わずに復讐《ふくしゅう》しただろう。

しかしその犯人は、他ならぬ親友かもしれない。

形容しきれぬ心を抱え、定まらぬ感情の矛先を振り回しながら、老婆の言葉と仲間だけを頼りに孤独のうちを彷徨《さまよ》う少年たちを見て、またしても真白の胸がズキ……と痛んだ。

そんな少年たちに犬塚はやはり表情を変えず静かに答えた。

「まだアキラがやったと決まったわけじゃねえ。アキラの父親は折檻してたんだろ？　悪魔憑きの親父に強要されてる可能性もある。どっちにしろ、俺が今からアキラの家に行って……アキラを連れ出してくる。お前ら大人しく待ってろ……」


「アキラくんじゃありません」

突然口を開いた真白に一同の視線が集まった。

「アキラじゃないって……ほんとっすか……？」

「はい。簡単な話です。放火があった日、どちらの時刻もアキラくんは学校にいたはずです。アキラくんにはアリバイがあります」

「じゃあ、なんであいつ火事現場に……？」

「それはまだ分かりませんが……ひょっとすると……」

「ひょっとするとなんだよ？」

言い淀んだ真白に犬塚が続きを促した。

「ひょっとすると、アキラくんも真犯人を探してるのかも……宮部くんがお父さんのキャバクラ通いの証拠を掴もうとしていたように……でも、アキラくんのお父さんが犯人だとすると風俗店を燃やす動機がわからないし……」

「もしかしたら……アキラの親父、一流にこだわってるって言ってたから、それでかも……あの店ってここらじゃ格安で有名な店なんだ。なあ？」

蘇我が言うと、少年たちは口々に反応しながら頷いた。

「動機なんざどうでもいい。直接聞けばわかることだ。それより急がねえと……お前の推測が正しければ、アキラは父親を止めるために、何をしでかすかわからねえ……取り返しのつかない過ちをアキラが犯す前に、何としても止める……アキラの家に向かうぞ」

犬塚は自分の言葉で古傷がひどく痛むのを感じた。苦々しい過去と一緒にその痛みを嚙み殺すと、犬塚は踵を返して車へ向って歩き出す。

そんな犬塚の肩に手を伸ばして真白が言った。

「待ってください!!　室長に指示を仰ぐべきです！　もし悪魔憑きだという証拠が得られなかったら、本当に捜査を打ち切られるかもしれないんですよ!?　そうなったら誰も守れない！」

「てめえはいつもごちゃごちゃうるせえんだよ……」

犬塚は真白の手を振り払い牙を向いた。その目には怒りというよりもひどい苦しみが透けて見える。

「こいつらの話を聞いてなかったのか⁉　アキラが誰かを殺してからじゃ遅えんだよ……！　取り返しがつかなくなる前にアキラを止めるのが、アキラを守ることじゃねえのか⁉　ガキが守れねえなら室長も校長も法王庁も、全部糞食らえだ……‼」

犬塚の鬼気迫った語気の奥に見え隠れする生々しい傷の痕跡。神は人を神の似姿に創ったというが、開いては閉じを繰り返す傷痕は、もはや元の形が判《わか》らぬほど歪《いびつ》な姿を形成している。

神の似姿から変性してしまった魂……

真白の頭にそんな言葉が過《よぎ》った。

それでも真白には、犬塚の不遜な振る舞いが、自己愛や自己満足の為に振るわれているようには思えなかった。

まるで傷が消えないように、忘れぬように、無意識の内に自分で傷口を弄う子どものような、純粋で傷ついた魂。

「……分かりました。犬塚さんの言うことももっともです……ただし相手を刺激しないよう慎重に話を進めます。いいですね？」

そんな犬塚を否定することが出来ず、真白は犬塚の主張を呑み込み助手席に座った。犬塚はそれを確認すると足立家へ向かって車を走らせた。

車内に満ちるヒリヒリとした無言の空気が、かえって真白の思考を鋭敏に尖《とが》らせる。一連の出来事の中に、重大なヒントが隠されていて、それを見過ごしている気がしてならなかった。

そう。誰かの言った言葉が、ひどい違和感をもって、わたしの中に残り続けている。

校長室でのやりとりだろうか？

喫茶店での会話？

いや。そんなに遠い記憶ではない。つい先程のことだ。

そう。先輩と話した言葉。

〝思い込みで性別まで間違ってたのかよ〟

「それだ……！」

真白は思わず叫んだ。

全ての違和感が取り除かれたような気がした。

「悪魔憑きはアキラくんのお母さんです！　思い込みで性別まで間違ってたんです……！」

「ああん!?　父親が折檻してたんだろ？　何で母親なんだ!?」

「それが思い込みの原因です。一流主義の父親なら折檻はあったかもしれません。ですが今回の悪魔憑きによる虐待は精神的アビューズを主体とするものです。折檻とは一致しない。それに燃やされた場所はアキラくんやお父さんの馴染の店の可能性が高いです。それを心良く思わなかった母親なら、店を燃やす動機は十分にあります。雑誌を燃やした時の反応も、どことなく女を感じさせるものがありました。アキラくんに起きた突然の性格変容から考えると……悪魔憑きになった母親は、なんらかの方法で二人を操っている可能性があります！」

ちょうどその頃、真白の考えを裏付けるように、アキラの周りを不吉な影が巡り歩いていた。二十畳ほどのリビングの中央には一脚の椅子。周りを取り囲む漆喰で塗られた白い壁、無垢のフローリングにはメープル色のオイルステインが塗られ蜜蠟のワックスがかけられている。女は椅子の背に指を這わせながら何かを探るように周囲を歩く。臙脂《えんじ》色に艶めくドレスの裾を引き摺りながら、ゆっくり、ゆっくりとした足取りで歩く。

手には熱を発するアイロンが握られ、視線の先には下着姿で椅子に座る息子の姿があった。

「アキラくん……正直に答えてほしいの」

無表情の母と引き換えに、アキラの顔には満面の笑顔が張り付いていた。それ以外の表情は禁じられていた。

「どうしてあなた……繁華街にいたのかしら……？」

「はい。焼け跡を見に行っていました」

「焼け跡……」

そう呟きながら女はアキラの太腿に指を這わす。そこには無数のミミズ腫れの痕が残っていた。

「なんで？」

「……………」

アキラは笑顔のまま沈黙した。女はしばらく息子の返事を待ちながらアイロンを掲げて眺めていた。隣に置かれたアイロン台には皺を伸ばしたばかりのドレスシャツが、糊の匂いを漂わせながら着られる時を待っている。

女はジロと目だけ動かして息子に視線を移した。それに合わせてアキラの肩が小さく跳ねる。

次の瞬間剝き出しの太腿から煙があがった。

「あぁぁあああああああああ……！！！！！」

アキラは笑顔を浮かべたまま口を限界まで開いて叫んだ。笑顔とは裏腹に、二つの目からは滔々《とうとう》と涙が溢れ出してくる。しかし貼り付けられたペルソナは、笑顔以外の表情を許しなしなかった。

「まだ反抗の意思が残ってるわね……ママも本当はこんなことしたくないのよ？　命《アキラ》くんは、ママの命《いのち》なんですもの？　アキラくんを守るために聞いてるの……よ！」

「ああああああああああ……！！！！！！！！！！！！」

先程よりも強く長く押し付けられたアイロンにもアキラは抵抗しない。笑顔で悲鳴をあげながら受け入れる。しかし椅子に置かれたその手は、激しく震えて止まらない。

「もう一度聞くわよ？　なんで繁華街にいたの？　答えて？」

「と、とと、ととととと……」

「指先を焼くわ。神経が集中してるから痛いわよぉ？」

「と、父さんがやった証拠……証拠を探してたんだ……!!」

「何で？」

「もう……い、い、い嫌だから……」

「何が？」

女はアキラの顔を覗き込んだ。両目の奥に広がる深い闇が、アキラを呑み込み逃さない。

「こ、こんな生活……もう……嫌だぁあああああああああああああああああああ」

アキラの顔に大きな黒い亀裂がはしり、本心が露わになる。それと同時にその声は絶叫へと姿を変えた。

息子のつま先にアイロンを擦り付けながら母親はアキラを睨みつけ、悲鳴をあげる息子のことなどお構いなしに喚くように言う。

「祓魔師《エクソシスト》のあの女がアキラくんを誘惑したんだろ……!?　若い身体を見せびらかして……誘惑したんだろ!?　穢らわしい……私だけがあなたを愛してるのに……！　私がどれだけアキラくんを愛してるか知ってるでしょ!?　それなのに何で私の愛を！　愛を踏みにじるようなことしたの!?　そんな足は……しっかり焼いて清めないと……!!　ママの愛を思い出して……！」

「赦して……赦してぐだざい……!!　お母様……!!　お願いします……おねがいじまず

……!!　おおおおおおおおおあ……！　痛い……痛いぃぃぃぃぃぃぃい……！」

皮膚が、爪が、肉が焼け爛れ、とうとう熱い鉄の塊が骨に触れた。それでもアキラの身体はそれを受け入れる。精一杯の抵抗として握った拳をさらに握りしめ、爪を内側に食い込ませ震える。それだけが出来る唯一の抵抗だった。

「祓魔師《エクソシスト》に期待しても無駄よ？　奴らが学校に来た日、ちょうどママも学校にいたの。すぐにＰＴＡを通じて苦情を入れたわ。校長にも仮面をつけてやった……今頃法王庁に直訴のメールを送ってる。明日には法王庁から通達が来て祓魔師《エクソシスト》達もいなくなるわよ……！」

女はアイロンを床に放ると壁に向かって歩き出した。漆喰の壁に掛けられた大きな古材の額縁には無数の仮面が飾ってある。その中から一つを手に取り、女はそれを顔の横に掲げながらゆっくりアキラの方を振り返った。

「い、嫌だ……嫌だぁぁあああああ……!!」

涎や鼻水でぐしゃぐしゃになった顔をさらに歪めて、アキラは逃げ出そうと藻掻《もが》いたが、身体は言うことを聞かなかった。母はその様子を楽しむように眺めながら、ニヤニヤと笑みを浮かべてゆっくり、ゆっくり近づいてくる。

「あの人の血が、アキラくんにも流れてる……裏切りの血、不貞の血、穢れた血が、あなたの中にも流れてる……！」

「やめて……やめて……」

「パパもコレを付けてからは理想のパパになったわよね？　女遊びしない一途《いちず》なパパに……アキラくんには自分からそうなって欲しかったけど……」

ニコリと笑った拍子に女の顔に亀裂が走った。狂気的な笑みを浮かべた頬を伝った涙が、静かに最後通知を告げる。

「これで悪い心を綺麗《きれい》にしましょうね……？」

仮面の内側にはちょうど鼻腔に沿うように一本の長い針が生えている。鈍い銀色に光るその針が、アキラの残された自我をすっかり洗い流すための、孔《あな》を開けんと迫ってくる。

「嫌だ……助けて……！　誰か……！　誰か助けて……！」

アキラの叫びも虚しく、針は鼻腔を突き破って奥へ奥へと入っていく。

かつて冷たい鉄の手術台に革のベルトで拘束されたロボトミー患者が、無慈悲に針で脳をかき混ぜられたように、女にも慈悲など存在しない。なぜならこれが正しいことだと、心底信じ切っているから。

抵抗する患者は治療と称して電流を流され反抗の意思を削《そ》ぎ落とされたが、女はもっと素晴らしい力を授かっていた。

ごちゅ……ごちゅ……ぐりゅ……

薄い頭蓋を針が削っていく音が身体の中から聞こえてきて、アキラは半狂乱で悲鳴をあげた。

「もう少しですからねぇ？　脳には痛覚が無いから……痛みはありませんからねぇ……？」

女は拳で仮面を慎重に叩きながら、針を奥へと進ませる。その時外で車の停まる気配がした。

「聞こえたか!?　ガキの悲鳴がした……！　突入するぞ……！」

「突入を許可します！　室長聞こえますか!?　こちら辰巳です。虐待現場に遭遇しました！　このまま突入します！」

「わかった。念の為応援を送る。神のご加護を……！」

真白と犬塚は玄関扉の両脇に立つとそっとドアノブを回した。以外にもドアノブは滑らかに回転し、開いた扉の奥からは濃厚な魔障の気配が溢れ出してくる。

隙間の奥に目を凝らすと、じわじわと黒ずんだ空気が、廊下の両脇に貼り付けられた仮面達の口から漏れ出していた。

「ひでえ魔障だ……今まで魔障探知機《レーダー》に引っかかってないのが奇蹟《きせき》だな……」

「おそらく状況が変わったんです……アキラくんから教団に情報が漏れたと思っている可能性が高い……!!」

「もたもたしてられねえな……行くぞ……」

銃を両手で握りしめた犬塚が闇の中に滑り込んだ。真白も刀に手をかけた状態でその後に続く。

玄関に入ると長い廊下が二人を出迎えた。奥のガラス戸からリビングの明かりが差し込んでいる。

「リビングに居る……悪魔憑きの臭えニオイがぷんぷんするぜ……」

不気味な仮面が壁一面に貼られた廊下に犬塚が足を掛けたその時だった。

カタカタカタカタカタカタカタカタカタカタカタ……

壁の仮面が音を立ていっせいに床に落下した。犬塚が警戒しつつそれを軽く蹴ろうとした瞬間、その中の一枚が犬塚目掛けて飛びかかってくる。

「くそが……！」

犬塚はそれを躱《かわ》して銃の柄で叩き割る。すると仮面は何の手応えもないまま粉々に砕け散ってしまった。

「なんだ!?　全然手応えがねえぞ!?」

砕けた仮面が再びカタカタと音を立てたので二人の意識がそちらに向かう。しかし特段変わった様子はない。

「虚仮威《こけおど》しか……？」

再び犬塚が前を向くと、眼前に浮かぶ真っ白な仮面と目が遭った。

「くっ……」

慌てて距離を取り銃口を向けると、地面に散らばっていた仮面達が一斉にふわりと浮き上がり口角を吊り上げてゲラゲラと笑い始めた。

犬塚は最も禍々しいニオイを放つ白い仮面に向けて発砲したが、ヒラリと宙を舞う仮面を弾丸は捉えることが出来ない。

続けざまに打ち込んだ銃弾も、壁に穴を開けるばかりだった。

加勢しようと真白も前に出たが、狭い廊下の中では長い太刀を上手く振るうことが出来ず、納刀したまま太刀の中心付近を両手で握り、柄《つか》と鞘《さや》の先端で、次々と襲いかかってくる仮面を打ち払ったが、きりがなかった。

「遠間《とおま》からの攻撃では不利です……!! 一旦態勢を立て直しましょう……!!」

「馬鹿か!? 所詮時間稼ぎの雑魚だ……! 本体はアキラと一緒にリビングにいる……このまま突っ切るぞ……！」

叫ぶ真白に犬塚が牙を剝く。犬塚は叫ぶなりリビングに向かって駆け出した。

「犬塚さん！ 待ってください……！ その仮面は危険です……！」

「あぁん!?」

その時粉々になった仮面が犬塚の足に纏わりつきながら復元した。足を取られた犬塚に向かって、今度は無数の仮面が襲いかかる。顔を目掛けて一斉に襲いかかる。

「ちぃ……!!」

犬塚は引き金を引いたが、仮面達は木の葉のように舞い散ってそれを躱す。

仮面の一枚が犬塚の顔を覆う刹那、真白が素早く抜いた刀が犬塚の足を封じる仮面を切り裂き、その拍子に犬塚は大きく体勢を崩して仮面から逃れた。

紙一重で仮面を躱した犬塚は思わず後ろに飛び退き、真白も刀を鞘に戻して犬塚の背後で構えを取り直す。

「どういうことか説明しろ……!?」

「あの仮面が悪魔憑きの能力なのは間違いない……アキラくんの性格が突然変わったのはおそらくあの仮面によって操られていたからです！　放火も操られた二人によるもの……！」

「くそが……この仮面も、ただの雑魚じゃねえってことだな……」

「はい……被っただけで操られるなら、一撃で形成が逆転する可能性があります……わたしの刀は狭くて戦いづらい……犬塚さんの銃も、的が小さい上に数が多すぎます……ここを出て一旦態勢を整えるべきです……！」

「馬鹿野郎……！　ガキの悲鳴が聞こえなかったのか!?　敵もすでにこっちに気づいてる。今退《ひ》けば、ガキの命の保証は無え……！」

犬塚はそう言ってから銃をホルスターに収めると、ジャケットのボタンを外した。そこにはベルトに挟んだ二本のフォールディングナイフが見える。

柄に付いた輪《サムリング》に人差し指を通すと犬塚は勢いよくナイフを引き上げた。カシャン……と音がして、ベルトからナイフが外れると同時に鉤爪《かぎづめ》状に湾曲した刃が顔を出す。

黒く塗られた刀身はほとんど光を反射せず鈍い瞬きを秘めていた。波刃加工《セレーション》が施されたカランビットナイフはまるで狼《おおかみ》の爪のように見える。

「虎馬を発動する」

犬塚は右肩に巻かれた腕章を引き千切りながら宣言した。途端に腕章は蒼《あお》い焰《ほのお》に焼かれて煤《すす》になった。

「壱の塚……狼爪《カランビット》」

犬塚はサムリングを使ってくるくるとナイフを回転させながら低い唸り声を上げた。

いや……犬塚ではない……ナイフそのものが唸り声を上げている。

グルグル……と飢えた野犬のような声を発し、ナイフ全体がどくどくと脈打っていた。

犬塚の身体から溢れ出した血の匂いと、強烈な魔障の気配に真白は思わず息を呑む。

「嗅覚強化の虎馬じゃなかったんですか……!?」

「説明してる場合じゃねえ……！　ここは俺が引き受ける……お前は先に行け……」

「しかし……」

「バディなんだろ？　ガキは任せた……」

犬塚は振り向かずにそう言うと両手を左脇で十字に交差させるように構え仮面の群れに突っ込んでいく。仮面達は隊列を組んで次々と犬塚に襲いかかったが、犬塚は近づく者を片っ端からと叩き割っていった。

変則的に、小さな動き《モーション》で繰り出される斬撃は、圧縮された暴風のように仮面達を掻き乱していく。

「何してる……!? 今のうちにさっさと行け……!!」

その声を合図に真白は犬塚の脇をすり抜けて、奥に見える扉へと走った。

その時仮面の一枚が、犬塚の暴風をすり抜けて真白の後を追う。

「くそが……!!」

わずかに犬塚の間合いから外れた仮面に犬塚は悪態を付いた。

「新米……!! 一体そっちに向かったぞ……!!」

その声で振り向いた真白の目がほんの僅かな時間、紅く光ったような気がした。

同時に仮面の動きがほんの一瞬だけ止まる。

犬塚はその隙を逃さずナイフの柄の穴に小指を通して間合いを伸ばすと、大きく弧を描くようにして取り逃がした仮面を引き裂いた。

「そっちはよろしくお願いします……!!」

真白はそう言い残して扉を開け放つと、奥の闇へと消えていった。

仮面の侵入を防ぐために、真白は直ぐさま扉を閉め、リビングに視線を送る。

月光の差し込む、ガランと広いリビングの中心には二つの影が寄り添うように立っていた。

影の一人は裾の大きく広がった臙脂色の妖艶《エレガント》なドレスを身に纏った母親で、対するもう一つの影はタキシードに身を包んだアキラだった。

互いの腰を密着させて手に手を取ったまま、まるで抱き合う恋人同士のように、二つの影は微動だにしない。

不気味なほどの静寂と、あまりの気配の無さが、かえって真白の神経を逆撫でした。

……まるでマネキンかナニカのよう……

そんな事を考えつつも、気がつくと真白は鞘を左の腰に差し、鍔《つば》に親指をかけていた。

ぷつ……

部屋の暗がりで微かな物音がして、真白は咄嗟にガバリと身体をそちらに向ける。

視線の先では朝鮮朝顔《エンゼルトランペット》のような真鍮のベルがこちらを向いて嗤っているように見えた。

どうやら先程の物音はレコードに針を落とす音だったらしい。

彼方《かなた》から微かに、しかし確実に、迫りくるような、低音で弾《はじ》かれるピチカートの響きの後に、ヴァイオリンが小さく何事かを囁くと、再び無音の時が訪れた。

きぃいいいいいいこぉぉぉぉぉ……!!

突如として大音量で響き渡るヴァイオリンに、思わず真白の身体が跳び上がる。

きぃぃいこぉ……きぃぃいこぉ……と、激しさを増し、間隔を狭める旋律がもたらす緊張感が、部屋を支配していた無音の緊張に置き換わると、部屋の中心に佇んでいた二つの影が優雅に舞踏を始め、壁中に掛かった仮面達も一斉に踊りに加わった。

母が身に纏うドレスの裾が回転に合わせてヒラリヒラリと広がるたびに、あたりに深い闇を撒き散らす。

……サン＝サーンスの死の舞踏……

妖しくも華やかで、どこか陽気な調べの奥にも、底しれない闇の気配が潜むそんな曲……

影のような身体を与えられた仮面達が、アキラと母の舞踏を引き立てるように周囲を舞う。

月明かりに彩られたその踊りは、美しくすらあったが、完成された動きと空間には生が紛れ込む一分の隙も無いように感じられる。

その舞踏はまさしく死を孕んでいた。

真白の直感が告げる。

……その死が産道を押し広げ、この世に産まれ落ちる前にとめなくては……

真白は刀の柄を握りしめ、ふぅぅぅ……と細い息を吐き出した。

真白は左足に溜めた体重を一息に抜いてしまう。

崩れ落ちるように前傾になった身体を押し出すように、右の足が力強く地面を蹴った。

それは縮地と呼ばれる古武術の歩法で、まるで地面が縮むように間合いを詰めることからそう呼ばれる。

踊る仮面達に向かって横薙ぎに抜刀すると、数体の仮面がハラハラと両断されて宙を舞った。

「祓魔師《エクソシスト》です……アキラくんを解放しなさい……!!」

真白は再び刀を鞘に納めて言った。

しかし女は踊りを中断すること無く優雅に舞い踊りながら口を開く。

「い・や・よ。アキラくんは生まれ変わるの……死ぬまでずーっと私を守ってくれる王子様にね。それにこれは家族の問題よ……？　赤の他人が口を挟まないでくださる……？」

影たちは、いつの間にか真白を中心にして、クルクルと踊り狂っている。

嗤う仮面と裏腹に、白塗りの奥から漏れ出す冷たい殺意が真白を肌をぴりぴりと突き刺した。

突如足を止めた影たちは、自身の口から両刃の剣をずるり……と抜き出し、真白に向かって構えを取る。

月明かりに照らされた薄闇の舞台で、死の舞踏が幕を開けた。

サン＝サーンスの曲に合わせて黒い剣が宙を舞う。

真白の喉を、太腿を、心臓を貫かんとして、代わる代わる剣が舞う。

ひゅ……ひゅ……と、降りかかる死神の吐息を躱しながら、真白は来るべき時を待っていた。

……死の舞踏……

……演奏時間はおよそ七分ほどだろうか……

……おそらくそれがアキラくんに残された制限時間……

曲が進むにつれて高まる焦燥感を、真白の頑強な精神が押さえつけた。断固たる意思と覚悟をもってして、真白は刀を抜かずに時を見定める。

あん、どぅ、とわ、あん、どぅ、とわ……と繰り返される死のワルツの間を縫って舞い踊る真白を目にし、アキラの母は思わず歯軋《はぎし》りした。

……嗚呼、忌々しい、忌々しい……

……我が子を狙う不浄な女……

……透けて見える若い肌……

……男を誘惑する魔性の生き物……

この女に攫《さら》われるようなことになった暁にはこの子の記憶に一生涯居座るに違いない……

「そんなことは私が絶対に許さない……!!」

曲は緩やかなヴァイオリンソロに差し掛かり中盤に差し掛かった。緩やかなメロディはすぐに、トロンボーンの芯に響くような低音で再び激しさを取り戻していく。

それでも焦りの色を見せずに、死の舞踏を演じる真白を見て、とうとう女は痺《しび》れを切らしたらしい。

「何やってるの!? さっさとその女を串刺しにして……!!」

キィキィと気狂《ヒステリックな》いじみた奇声を上げて、アキラの母が大声で叫ぶと、影達は真白の周囲《まわり》をぐるりと取り囲んで切っ先を向けた。

退路を塞ぎ、同士討ちも厭《いと》わずに、真白目掛けて突進する影達を前にして……真白の目に冷たい光が揺れる。

……届く……

それを確認した真白は右手で柄尻を握り、右足を異様に長く踏み込んだ。

案の定体勢は大きく崩れ、真白の身体は右前に転びそうになる。

「馬鹿な女……！　自分で躓《つまず》くなんて、間抜……け……？」

勝ち誇った女の声が、急速に勢いを失った。

真白の刃は右前に伸ばした足を追いかけるように鞘から抜き放たれると、左から迫る影たちの足が両断される。

刀の勢いを殺さぬよう、地についた右膝を軸にして、真白の左足が再び地面を強く蹴った。

すると真白の身体は鋭い弧を描いて折り返し、右から迫る影共の足も同様に切り払った。

……辰巳一刀流、水面三日月《みなもみかづき》……

〝刃主従體《じんしゅじゅうたい》〟重心と刀そのものの動きを旨とするこの流派は、腕力が別段強くない真白のような人間にも、必殺の一撃を可能にする。

……刃に従い、己を消す……

しかしそれは同時に、一度抜かれた刃を、己の意思では曲げられないこと意味していた。

……刃を振るう、それはすなわち、相手か自分のどちらかが死ぬ時……

月明かりと闇の狭間で、そんな必死の剣を振るう真白は、酷く透き通っていて、そのまま消えてしまいそうですらあった。

しかし真白は覚悟を灯した確かな眼光でもって、アキラの母を睨みつける。

「アキラくんを解放しなさい……さもないと断罪対象としてあなたをここで祓《はら》います……!!

バチカンとキリストの名のもとに……!!」

女はボリボリと、自分の皮膚を掻き毟った。

長く伸びた爪の先には襤褸《ぼろ》襤褸《ぼろ》と剝がれた皮膚がこびりつき、剝かれた肌の下からは赤黒い皮膚がみちみちと顔を出す。

めりめり……みちぃ……

めり。めりめりめりめり……みちみちぃ……

「あなた……!? 一体何してるの!? この役立たず……!」

大声でそう叫びながら変貌していく女に切っ先を向けて、真白が構えを取った。

……どこか主語の嚙み合わない言葉が気持ち悪い……

そんなことが頭を過った瞬間、真白ははたと気がついた。

「早くその女をなんとかしてちょうだい……!!」

その声を合図に背後の暗がりから、死神の仮面を被り巨大な鎌を振りかざす、アキラの父が襲いかかってきた。

真白は咄嗟に振り返り、刀を抜こうとした。

しかし背後に立っていたのは気味の悪い真っ白な顔で目を血走らせ、そこから涙を流して嗤うアキラの父だった。鼻からは流れる一条の血潮がすでに〝処置〟が終わっていることを物語っている。

巨大な鎌を構えて振り抜かんとする男を見て、真白の脳内では一瞬の内に様々な思考が駆け巡った。

アキラくんのお父さん!?

無理だ……

殺《や》られる。

でも人は殺せない!!

操られてる……

それでも
悪魔憑き……!

……アキラくんを助けないと……!!

沈痛な表情を浮かべて真白は柄を握る手に力を籠《こ》めた。

しかし時間にすればコンマ数秒ほどの逡巡《しゅんじゅん》が真白の反応を遅らせた。

死神の鎌は抜刀よりも一足先に、真白目掛けて襲いかかる。

……しまった……

真白は咄嗟に鞘を引き上げ受け太刀したが、膂力《りょりょく》の違いは甚だ大きかった。

死神に扮《ふん》した父はそのまま真白を壁際まで押しやり、鎌の先を壁に突き刺し真白を拘束する。

それを確認して女はいやらしい笑みを浮かべた。

邪悪が滴るような、残酷な笑顔で女が言う。

「いいこと思いついたわ。アキラくんを誑かす悪い女は、顔の皮を剝いでお面にしてあげる……」

女の言葉に呼応して死神は懐から小さなナイフを取り出した。

何度も研ぎ直された皮剝《スキナー》ナイフは、非情な光を宿している。

「顔だけじゃすまさないわよ……？　全身の皮を時間をかけて丁寧に剝ぎ取って、産毛や陰毛、ニップルやラヴィアまで綺麗に残った、剝製を作ってやるんだから……」

意思とは無関係に冷や汗が溢れ出す。それでも真白はアキラを諦めてはいなかった。

奥の手を使う覚悟を決めたその時だった。

突如現れた黒い影がアキラの父を突き飛ばす。

見るとそこには蹴り抜いた足を畳む犬塚の姿があった。

「せ、先輩……!?」

腹部を押さえてよろよろと立ち上がったアキラの父は再び鎌を手に取り構えると、犬塚に向かって猛然と襲いかかってきた。

ぶぅぉおお……と音を立てる鎌の一薙に大きく距離を取りながら犬塚が叫ぶ。

「馬鹿か……!!　お前はガキに集中しろ……!!」

距離を保ったままゆらゆらと揺れるアキラの父は、まさしく死神の様相を呈していた。

「お願いします……!!　もう時間が無い……!!　この曲が鳴り止むまでに二人の踊りを止めないといけません……!!」

「どういう意味だ?」

「おそらくこの踊りが……あの仮面でアキラくんの心を完全に殺すための儀式です……仮面の裏に針が見えました……すでに危険な状態かも……」

「ロボトミーの真似事か……!?　どこまでも趣味の悪いババアだな……」

「あと殺しは厳禁です……!!　〝汝殺すなかれ〟お父さんの制圧保護に徹してください……!!」

そう言い残して、真白は母親の方へと駆け出した。

「くそが……!!　悠長なことばっか抜かしやがって……」

悪態をつきながらも、犬塚はリボルバーに伸ばした手を止めて、再び二本のナイフを握った。

……演奏終了まであと僅か……

流れる曲は終盤へと差し掛かり、急速に激しさを増していく。

パーカッションが小刻みに拍子を刻み、シンバルが追い立てるように鳴り響く中、真白はアキラの母に向かって全速力で駆け出した。

しかし女は勝ち誇ったような笑みを浮かべて新たな仮面を呼び寄せる。

「残念でした!　あなたは生まれ変わったアキラくんの玩具《おもちゃ》にしてあげる……!!　それまでそ

の仮面と踊ってなさい……!!」

躊躇いなく真白は抜刀し、仮面を付けた影を薙ぎ払っていく。

しかし曲は先程までの激しさが嘘のように萎《しぼ》んでいき、終《つい》には音が消え、フィナーレを迎えたかに思えた。

アキラの父が振るう鎌をナイフで受け止め、生真面目に真白の命令に従い制圧に徹していた自分を呪いながら、犬塚はリボルバーを抜き母親に銃口を向ける。

「くそが……!!」

しかし母はくるりと身体を入れ替えて、アキラの陰に身を隠すと邪悪に口角を吊り上げほくそ笑む。

「はい!!　時間切れぇええ……!!　アキラくんの魂は誰にも渡さないわよぉおおお……!!」

最後のヴァイオリンが、静かに響きを弱めゆき、差し込む月光が、徐々に暗転するスポットライトのように細くなる中で、真白の叫び声が響き渡った。

「アキラくん……!!」

その声に、ほんの僅かにアキラが反応した。

母の傀儡《かいらい》になることを望まぬアキラは、最後の抵抗として真白を見やる。

その目から細く頼りない涙が一筋零れ落ちた。

「虎馬を開放する……蛇の目……!!」

引き千切られた腕章の蒼い火と、真白の冷たく燃える声が、月明かりが途絶え暗転した室内に響き渡った。

咄嗟に真白に目をやった犬塚の背中に、ぞくり……と冷たい気配が走る。

真白の目が紅く発光している。

見開かれた動向は縦に長く伸び、まるで蛇のようだった。

明らかに先程までの真白とは異なるただならぬ気配を発してはいるが、今さらどのようにして舞踏を止めることができるだろうか？

しかし真白はひどく落ち着いた様子で微動だにしない。

母親も真白同様に動きを止めて、優雅に手を差し出し、そこにアキラが誓いのキスを落とすのを待っている。

母親の手にキスをするということは永遠の忠誠の証だった。

それはアキラにとって魂を明け渡す致命的な契約となることを意味している。

犬塚は獣のような唸り声を上げ、アキラの父を壁に突き飛ばすと虎馬を発動して二本の湾曲したナイフを投げつけた。

唸り声を上げて拍動する不気味な爪《カランビットナイフ》は獲物に喰い付くように父の袖を巻き込みながら壁に突き刺さる。

身動きの取れなくなった父を犬塚は渾身《こんしん》の力で殴りつけ気絶させた。

「そこで大人しくしてろ……」

とうとう音楽は鳴り止み、あたりに静寂が戻ってきた。

しかし何やら様子がおかしい。

アキラが動く気配がまるでない。

異変に気づいた母はみるみる険しい顔つきに変わり、苛立った声でアキラに言う。

「アキラくん？　何してるの？　さっさと誓いのキスをしなさいな……？」

しかしアキラは母の手を握ったまま微動だにしなかった。

「アキラ……!!」

狂気じみた《ヒステリックな》声で怒鳴る母に向かって、真白が静かに口を開く。

「無駄ですよ。アキラくんは動けません。そして……曲は鳴り止みました。儀式はこれで失敗です……!!」

その瞬間アキラの顔面に無数の黒いひび割れが生じた。

ばらばらと落ちる石膏《せっこう》のような欠片達が、フローリングに当たってさらに小さく砕け散っていく。

仮面の剝がれ落ちたアキラの表情は虚ろで、鼻からは血の筋がツゥ……と溢れた。

「こ……の……女ぁぁぁあああ……!!　私のアキラくんに何をしたのよぉぉおおおお!?」

髪を逆立てて叫ぶ母に向かって、真白は小馬鹿にしたような笑みを浮かべて答える。

「それって、あなたに教える必要あります？」

みちみち……と、何かが破れるような音がした。

†

月が満ちつつあった。

張り詰めた腹部は満月のようで、それに伴い、女の情緒の浮き沈みも激しくなっていく。

「あなた……わかってるわよね？　予定日を言ってみて……！」

「まだ一月も先だろ……予定日通りに産まれるわけでもなし……」

いまだ子育てに興味を示さぬ男に向かって女は哀願するように言った。

「絶対に立ち会う約束でしょ!?　そんなので仕事は大丈夫なの!?　ちゃんと都合はつくんでしょうね!?　初産は一度しかないのよ!?　完璧なお迎えをしなくちゃいけないの……!!」

しかし男は煩わしそうに手を振って玄関扉に手をかけると今日は遅くなるとだけ言い残して出ていってしまう。

相変わらず男は家に寄り付かない。もうすぐ息子が産まれる。それなのに……女のところに入り浸っている。

山積みになった洗濯物が背後で無言の圧を放っていたが、女は無視してソファに座った。テレビは妊娠中の浮気率をご丁寧にグラフまで使って説明している。

いかに妊婦が大変かを力説する女性運動家の声に耳を傾けながら薄笑いを浮かべていると、それに異議を唱える者が現れた。

黒縁メガネに白髪交じりの長髪といった風体のその男は、別のパネルを取り出し、妊娠中の女性の体内で起こる様々なホルモンについての解説を始めた。

「妊娠中の女性っていうのはつまり、お腹の子どもに支配されてるんですよ。おわかりですか？胎内の赤ちゃんがホルモンを駆使して操るわけ。それで食事の好みが変わったり、気分が昂ったり落ち込んだりするわけだが、言ってみればゼロ歳児の我儘《わがまま》に付き合わされるわけだ！　そりゃ、男からすればたまったもんじゃありませんよ!?」

スタジオの女性陣たちからは激しい非難の声が湧いたが、男はにんまりと笑みを浮かべて聞き流している。

「何よこの男は!?　一度でも女の身体になったことがあるわけ!?　偉そうに……！」

女の叫び声に応えるように、テレビの画面にノイズが走った。

ブチ……ブチ……と音を立てながらチャンネルが切り替わる。

「なんなのよ!?　故障!?」

苛々とリモコンを手に、女はチャンネルを操作するが画面は次々と他の番組を映し出していく。

その映像の切れ間切れ間に、奇妙なモノが映り込んでいることに女は気づいた。赤い何か。ねっとりと濡れている。

目を細めてその正体を探る間にもノイズは酷くなっていった。それでも憑かれたように正体を探っていると、突然画面一杯に血に塗れた嬰児《えいじ》の映像が浮かんだ。

「きゃあああああああああ……！！！」

手術室のような場所で青いニトリルの手袋を嵌めた男が嬰児を取り上げる。首に絡まる臍《へそ》の緒《お》と、糸を引く体液。赤ん坊の目は濁っていて生気がない。

「残念ですが……」

そう言って男は嬰児をごみ箱に投げ込んだ。

「御臨終です」

みちみちみち……

何かが破れるような音がした。

「御臨終です」

強烈な痛みが下腹を襲う。

「御臨終です」

生暖かい液体が、太腿を伝う感触がした。

「御臨終です」

恐る恐る股に手を差し込む。

「御臨終です」

抜き出したその手は、羊水と粘液と血で光っていた。

「嫌ぁぁああああああああああ……!!」

震える手で受話器を摑み電話をかけた。

「助けて……!! 赤ちゃんが……血がいっぱい出て……!! すぐに救急車を……!!」

女は受話器を降ろさずにすぐにもう一本の電話をかけた。しかし相手の反応はない。

「何で? 何で出ないのよ……!!」

リダイヤルを続けるとついに男の声がする。

「何だ? こっちは仕事中だぞ……?」

「赤ちゃんが大変なの……すぐに来て……!! きっとこのまま緊急手術になる……!! 立ち会ってちょうだい!!」

「いきなり言われても無理だ……それに手術は立ち会えないだろ……? できるだけ早く向かう。医者には金はいくらでも出すと伝えろ。いいな?」

「待って……!!」

その時、男の背後で微かに女の声がした。

……また奥さんなの?

「あなた……今何処にいるのよ……!?」

ブチ……ぶちぶち……

電話が途切れ、何かが裂ける音がした。

救急車で病院に運ばれるなり検査が始まった。検査結果を見た医師は顔を青褪《あおざ》めさせて言う。

「原因は不明ですが……子宮が破裂しています……今すぐ緊急オペに入ります」

「お願いです……息子を助けてください……!! この子がいないと私は……!!」

「最善を尽くします」

脳裏にテレビの映像が浮かび、女は手を強く握って神に祈った。

神よ……私の赤ちゃんを救ってください……

麻酔のガスがゆっくり意識を奪っていく。

意識が遠のく中、優しく微笑みかける医師が見えた。

しかし女は、それがテレビに映っていた医師だと気づいて戦慄する。

「いやぁぁあああ……!! 助けて……!! この男、赤ちゃんを殺すつもりよ……!!」

暴れ出した女をスタッフ達が押さえつけた。

「錯乱状態です……!」

「セボフルラン追加。このまま導入するよ」

女はなおも抵抗したが、マスクから排出されるガスで深い闇へと堕《お》ちていった。

目が覚めると光の中にいた。

光っているように見えたのは窓からの太陽光に照らされた白い部屋のせいで、消毒のニオイがそこが病室であることを告げていた。

「私の赤ちゃん……!!　痛ぅ……」

女はがばりと起き上がると同時に、下腹部に走った強い痛みで身を固くする。それに気づいたナースが駆け寄り、あの医師もゆっくりと病室に入ってくる。

「赤ちゃんは……？　私の赤ちゃんは……？」

「落ち着いてください。赤ちゃんは無事です。しばらくは保育器から出られませんがどこにも異常はありませんよ。それより、あなたのことでお話が……」

「話？」

「はい。残念ですが、子宮は完全に破裂しており……原因は不明ですがなぜか腐敗していました。それで治療は困難と判断し、摘出いたしました」

「摘出……？　何を？」

女は意味が分からないといった様子で首を傾《かし》げて、口元に困ったような笑みを浮かべていた。

「ですから……子宮から卵巣に至るまで腐っていたんです……原因はわかりません。おそらく感染症か……バクテリアか……赤ちゃんだけでなく、あなた自身も生きているのが奇跡のような状態でした。それでやむ無く全摘出を施しました。残念ですが、二度と妊娠することはできません……」

女は医師の言葉を聞き終わると顔を両手で覆い俯いてしまった。憐れに思ったナースが肩に手を掛けようとすると、カタカタと女の身体が震えだす。

「ふふふふふ……決まったわ」

不意に言った女の言葉にナースと医師は顔を見合わせる。

「足立さん……大丈夫ですか？　何が決まったんですか？」

女は医師を見上げて笑みを浮かべる。その笑みの意味が理解《わか》らず、医師は薄ら寒い何かを感じずにはいられない。

「決まってるでしょ？　名前よ。あの子の名前。あの子は命《あきら》。私の命《あきら》……！　だって……こんなにお腹を痛めて産んだ子なんですもの……あの子は私の命そのものよ……」

腹部の傷を撫でながら女は愛おしそうに言う。包帯には赤黒い血が滲み上がっていた。

†

「私が……私がどれだけ苦労して……この家族を支えてきたと思ってるのよ……お腹を引き裂いて、消えない疵《きず》を身に受けてあの子を産んで……結婚してからはいつも脇役を押し付けられて……小間使いのように働いて……感謝の言葉ひとつ寄越《よこ》さない息子と旦那に、それでも私は最高の愛情と献身を捧げてきたわ……？　自然派教育がどれだけ大変かわかる？　質の悪い世間に汚染されたガキどもや大人を遠ざけるために、たった一人で、つきっきりで、幼稚園にも入れずに育てるのがどれだけ大変かわかる!?　私だけが……！　いつもアキラくんの傍《そば》にいたのよ！」

真白は女を睨みつけながら静かに口を開いた。

「子どもたちからアキラくんはお父さんに折檻されていたと聞いています……そんなに大事なら、どうして守ってあげなかったんですか……？」

それを聞いた女は目を丸くすると、天井を仰いで高笑いして言った。

「あの人が折檻!?　出来るわけ無いじゃない!?　一流を言い訳にして、都合の悪いことから逃げてばかりの意気地なしのあの人に……！　あの人は物置に閉じ込めるのが精一杯よ」

「まさか……虐待もあなたが……？」

女はその言葉が気に入らなかったらしく、真顔に戻って冷たい口調で答えた。

「虐待じゃないわ……！　小学校に入ってからアキラくんは変わってしまった……悪い虫が付き始めた。メディアやゲームに汚染された馬鹿や、漫画やドラマで色気づいたメスガキ……その色欲に汚染された身体と心を、聖霊の火で焼いて清めるの！　こんなふうにね……！」

女は床に転がったアイロンを拾い上げるとアキラのシャツを捲って腹に押し当てた。じゅう……と音がして嫌な臭いが部屋に充満する。

「てめえ……!!」

犬塚が銃を向けると、女はアキラを盾にしてほくそ笑む。真白はそんな女を睨むと低い声で探るように言った。

「外界からアキラくんを遮断して、気に入らないことがあれば虐待して洗脳しようとしたんですね……？」

「洗脳じゃないわ。教育よ。最初は熱湯だったんだけど、効果が薄くて……やっぱり本物の熱じゃなきゃだめね……」

犬塚はギリギリと歯ぎしりした。幼い自分の幻影が二人の周りをちょろちょろと駆け回っている。

その幻影を葬るように、一発の銃弾が床に命中したが、女は顔色一つ変えなかった。

「でも、子育ては上手く行かないものよね……アキラくん……高学年になると、家に帰ってこなくなったの……あの人のせいよ……最初は育児に興味を持ってたくせに、飽きてすぐに辞めてしまった。それでまた、女のところに入り浸るようになった……あの人の裏切り者の血が、アキラくんにも流れてた……悪い友人と一緒になって……このままじゃいつか、悪い女に心まで盗られてしまう……私のアキラくんを洗脳しようとしたあの忌々しい婆《ばあ》さんがその兆しよ……！　それだけは赦せない……赦さない……！」

「駄菓子屋に放火したのはあなたですね……？」

「ええ。だってあのババアだけはこの手で直々に焼き殺さないと気が済まないじゃない？」

女はそこまで言うと、自分の首筋に爪を立てた。ぶるぶると指に力が入り、爪痕からは血が滴る。

「だから……ね？　私……契約したのよ……」

女はゆっくりと首から上の皮を剝いでいった。めりめりと顔面の皮膚が剝がれ、血と黄色いリンパ液が糸を引く。

剝がれた皮膚の下から、未だに癒えていない焼け爛れてケロイド化した本当の素顔が現れた。

「まさか……自分の顔と引き換えに……」

真白は顔を強張らせて息を吞む。

「そうよぉ？　アイロンで……鼻の骨が平らになるまでじっくり……じぃぃいっくり、焼いていったの。この顔の疵と引き換えに……私は仮面の力を手に入れた。ついでに永遠にくすむことのない美貌も手に入ったけれど……その報いがこれ……？　少しくらい私だって……幸せになっちゃいけないって言うの!?　私の幸せはどうなるのよぉおお!?」

見るに耐えない焼け爛れた顔には、瞼のない瞳がぎょろりと狂気を浮かべて光っている。

身勝手な理屈を散々喚き散らした挙げ句、女はがっくりと肩を落として呟いた。

「もうお終《しま》いよ……全てお仕舞い………穢らわしい女も、獣臭い男も、何一つ思い通りにならなない旦那も……全員焼き殺す……聞いてるんでしょ？　あなたと最後の契約をするわ……」

その言葉とともに、女の頭部を炎が包んだ。

毛髪の付いた皮膚が炎で裂けて、ズルズルと焼け爛れながら頭骨に沿って流れ落ちていく。

焼け焦げた痕から血が滲み出し、ケロイドの上をねっとりと赤い血が滴るその姿は、どこか妖艶で穢らわしく不潔で、酷く気味が悪い。

「とうとう化けの皮を剝いだわけか……」

犬塚は目をぎらつかせ犬歯を剝き出しにして唸った。

「文脈を読むなら仮面を脱いだんですよ……」

あまりの悍《おぞ》ましさに震えそうな声を押さえつけて真白が言う。

「どっちでもいい……」

そう言って犬塚はリボルバーの撃鉄を起こした。

「神の使徒を自称する犬ども……」

焼け落ちて髑髏のようになった顔が口を開いてそう呟いた。

「私の愛で燃え尽きるがいい……！」

女は何かを吐き出すような素振りをすると、両手を広げて大きく口を開いた。胸部が異様に膨らむと咽頭の奥深くから大量の赤黒い吐瀉物《としゃぶつ》が溶岩のように煙を上げて吐き出される。

二人は攻撃に備えて身構えたが、吐き出した汚物は二人には降りかからず女のドレスを覆い尽くした。まるで本物のマグマのように、女のドレスから火が上がる。

「あああああ……!? 熱い……!? どうして!? 約束と違うわよ……!!」

全身を赤い炎に包まれながら女は喚いた。

女の予期せぬ反応に真白は眉を顰めて様子を窺う。

「敵は奴らよ……!? このままじゃアキラくんが……!!」

女は炎に身を包まれながら狂ったように両手を振って逃れようとしている。しかし炎のドレスは女を包んで離さない。

「嫌……!! アキラくん……!! 私のアキラくん……!! これじゃ、アキラくんを触れない……アキラくんを抱きしめられない……!! そんなの嫌ぁぁぁよぉおおお……!!」

焼け焦げていく両腕をアキラに伸ばし、燐《りん》の青白い火を撒き散らしながら、女の身体が消し炭になっていく。

燃えた手が息子の頬に触れそうになる度に、女は怯えたようにその手を引いた。

やがて二本の腕が焼け落ち、女の足も燃《も》え滓《かす》になって崩れ落ちた。

手足を失い達磨《だるま》になった女が真白の方を振り返る。その目から一雫《ひとしずく》の涙が溢れ、すぐに炎に呑まれて消えた。

「お願い……アキラくんを守って……私の命を……」

女の首が崩れ落ち、焼け焦げた身体を落下する頭蓋骨が粉砕する。

床に広がった燃えさしを見つめて犬塚が呟くように言った。
「自滅したのか……？」
「分かりません……でも何か様子が変でした……アキラくんを守ってとも……」
犬塚は頭骨に銃を向けたままアキラのほうに躙り寄った。
「嫌な臭いがする……とにかくガキを連れてここを出るぞ……」
その時、ぴき……と何かが割れる音がした。
咄嗟に二人の脳裏に同じ言葉が浮かび上がる。
……産まれる……
全身の肌が粟立《あわだ》ち、強烈な悪寒が二人を襲った。
ぴき……パキ……
その音は女の焼死体の丘、その中心に据えられた頭骨から聞こえてくる。
駆け出そうにも恐怖で身体が動かない。
身体を万力で締め上げられるような強烈な圧《プレッシャー》が二人を支配する。
パキり……
とうとう頭蓋骨が二つに割れた。
ピンク色の脳が顔を出す。
その脳が、右脳と左脳の割れ目を境にして、ずるり……と両脇に溶け落ちた。

中には血と脳漿《のうしよう》に塗れた、小さな悪魔が入っていた。

二つに割れた血と肉を残す頭蓋の花弁。その中央に屹立する脳漿で濡れた雄蕊《おしべ》。

目を閉じたまま、身体を捻って天に腕を伸ばす小さな悪魔のその姿は、どこかグロテスクな男性器を彷彿《ほうふつ》とさせた。

全身を覆う赤く爛れた皮膚は、焼かれた女の素顔と何処か似ている。

すぅぅぅ……と悪魔が息を吐いた。その瞬間、二人は部屋の中が炎に包まれたような錯覚に陥った。しかし二人は冷や汗を流して身じろぎ一つ出来ずにいた。

「先輩……アキラくんを連れて逃げてください……今はまだ、悪魔は自由に動けないのかも……その隙に……」

真白は何とか抑えようと心がけたが、ガタガタと音を立てる奥歯を隠すことが出来なかった。

「お前が連れて行け……俺はここで……こいつを仕留める……俺は悪魔憑きを赦さねえ……本物の悪魔なら尚更《なおさら》だ……！　この手で悪魔を残らず殺してこの悪夢を終わらせる……！」

犬塚は何とか殺気を抑えようと努めて冷静に呟いたが、その言葉の端々に、身体から醸される蒸気に、憎しみが沸き立ち黒い色をつける。

「駄目です……！　顕現した悪魔を祓うには複数の司祭による祈りと、悪魔の名前が必須条件です……！　下位叙階のわたし達じゃ悪魔は倒せない……！」

「うるせえ……ここで尻尾巻いて逃げたら……俺は永遠に悪夢に魘《うな》され続けるんだよ……！」

犬塚は銃を抜き悪魔に銃口を向けた。両手で聖なる銃《カリヨン》を構えた狂犬が、殺意を込めて静かに神へと祈りを捧げる。

「天に在《まし》ます我らの父よ……御国《みくに》を来たらせ賜《たま》え……御心の天で成る如《ごと》く、地でも成させ賜え……」

それはひどくチグハグな祈りだった。清らかとは程遠く、聖人には成り得ない。殺意と私怨で唱える聖句。

それでも不思議と心を打つ、切実な祈り人の姿がそこにはあった。

砕かれた魂……

ふと真白の脳裏にそんな言葉が過り、かつてダビデ王が歌った詩篇《しへん》の一節がよみがえる。

〝神への生贄は砕かれた魂。砕かれた悔いた心。神よ、あなたはそれを蔑まれません〟

「国と力と栄えは。とこしえに汝のものなればなり……アーメン……死ね。くそが……！」

犬塚は祈り終えると同時に引き金を引いた。祈りを吸ったカリヨンから眩《まばゆ》い光弾が発射される。澄んだ聖堂の鐘が悪魔の放つ地獄の瘴気《しょうき》を浄化した。

悪魔の頭は粉々に砕け散り、肉片が天井や壁にへばりつく。

希望は甘美な薔薇色《ばらいろ》をまき散らしたが、現実はそんな事にはならなかった。

メちぃ……

悪魔の片目が静かに開き、口角がニタァ……と釣り上がると同時に、銃弾は空中で何かにぶつかるようにひしゃげて速度を落とした。

鐘の音は地獄のシンバルに打ち消され、どっ……！　どっ……！　どっ……！　と地の底から響くような太鼓の響きが二人の心音をかき消してしまう。

「あはぁぁぁ!?」

悪魔は気味の悪い笑みを浮かべると、犬塚達には目もくれず灰になった女の中に指を挿し入れた。灰から引き抜かれた指には青白い魂が摑まれている。

魂に女の怯えた顔が浮かび上がった。

何でまだここに!?　イヤよぉおおおお……!?　助けてぇええええ……!!

女は犬塚と真白を交互に見ながらすでに亡き声で助けを求めて叫び続けている。しかし悪魔を前にして二人は迂闊《うかつ》に動くことが出来なかった。

「んふふふふふふ……!!」

悪魔は上機嫌そうに笑いながら女の魂から霊の目をえぐり取る。耳を覆いたくなるような悲鳴が轟《とどろ》き、女の眼孔から血が流れた。

悪魔はえぐった目玉を口に放り込むとコロコロと舌で弄んでから楽しむように、愛おしむように、ゆっくりと優しぃく歯を立てた。

ぷちゅ……と弾けるような音がして、女の目が未来永劫《みらいえいごう》悪魔の所有物となる。

「あああああああああ……！！！！！！！」

その叫び声で二人は悪魔が何をしているの理解した。女の魂を少しずつ、苦しめながら、地獄に落としている。

「クソ野郎がぁあああああ……!!」

犬塚は叫び声を上げると悪魔に向けて引き金を引きまくった。しかし悪魔は蝿でもあしらうかのようにその弾丸を片手で払ってしまう。

「犬塚さん駄目です……!!　九ミリ銀弾《SilverBullet9mm》じゃ悪魔を殺せません……!!」

食事の邪魔をされて腹が立ったのか、悪魔は犬塚の方に目をやった。邪悪な笑みだった。悪意以外のあらゆる感情を削ぎ落としたような底なしの黒い瞳。

「くっ……!?」

悪魔は女の魂を一呑みにすると次なる獲物を品定めしながら舌を出し、灰の山から一歩足を踏み出した。

その瞬間、地面に赤い絨毯《レッドカーペット》が姿を現す。それは蠢き脈動し、ぬめった光沢を放った肉の赤《あか》絨毯《じゅうたん》だった。

地獄に捕らえた亡者たちの切り開かれた内臓の上を、悪魔はステップを踏みながら進んでいく。犬塚は新たな弾を込め悪魔に銃弾を打ち込み続けたが一発たりとも悪魔の身体に届くことはなかった。

悪魔が犬塚に向かって飛びかかろうと、小さな身体を収縮させたその時だった。真白の声が地獄と化した部屋に響き渡る。

「父子聖霊の名においてこちらを見なさい……！」

悪魔が首を傾《かし》げると、そこには蛇の目を赤く光らせる真白の姿があった。その目と視線があった途端、悪魔の動きがピタリと止まる。

「犬塚さん……！　今のうちにアキラくんを連れて逃げてください……！　わたしの虎馬は長く保《も》ちません……目が合ってる間……次の瞬《まばた》きまでの間しか動きを封じていられない……！」

しかし犬塚は真白を無視して新たな弾を込め始めた。この期に及んで頑《かたく》なな態度を取る犬塚に、真白は切羽詰まったような尖った声をあげる。

「犬塚ぁぁあ……!!」

「黙れ……!!　てめえ……それ使ってる間は動けねえんだろ!?　使った後も反動で動けない。違うか？　術が解けた後一人でどうやって逃げ切るつもりだ……？」

「それは……」

「俺のせいで誰かが犠牲になるのは……寝覚めが最悪なんだよ……！」

二人の諍《いさか》いを目で追いながら、動きを封じられた悪魔がニタニタと嗤う。

真白の目に再び鋭い痛みが走り、片方の目が閉ざされた。それに伴い、悪魔はゆっくりと口を開いて言った。

「あはぁああ？　口は動くね？　もうすぐ限界かな……？」

「身動き一つ出来ねえ悪魔が図に乗るな……！　これならてめえにも届くだろ!?」

悪魔は額に銃口を押し付けられても笑みを絶やさず犬塚に囁く。妙に甲高い、子どものようでいて、老人のような不快な声で。

「試すといいよ？　何度だって試すといいいぃぃぃ……うふふふふ……！」

犬塚は黙って引き金を引いた。悪魔の肉にめり込んで止まった銃弾に更に銃弾を重ねていく。

五発目の銃弾が肉を掻き分け、骨に届き、最後の弾丸を放つべく引き金を引き絞る。

「最後の一発は特別製《357マグナム弾》だ……くたばれ……！」

強烈な破裂音が響いた。

ばちゅん……と湿った音がして、悪魔の額に空いた大穴からどろどろとした体液が溢れ出す。

動かなくなった悪魔を見届け、真白が痛む両目を閉じたその時だった。

「ぐあああああああ……!?」

瞼の外で犬塚の呻《うめ》き声《ごえ》が響いた。続いて、クスクス嗤う声が、悪魔の声が聞こえてくる。

「まったくソロモンは余計な知恵を残してくれた……お陰で頭に風穴が空いてしまった……だが……残念だったねエクソシストぉ？　私を殺せると期待したのかなぁ？　エクソシストぉ？　うふふふふふふ……！」

「馬鹿な……!?　頭をぶち抜いたのになんで……!?」

「そんなちんけな銃弾と、薄っぺらな信仰で、本物の悪魔は殺せないいぃぃぃ……！　煩わしい術も解けてしまったね？　万事休すだね？　くふふふふふ……！　ああ……良い香りがする……君からはとっても素晴らしい古傷《トラウマ》の匂いがする……！　私に見せておくれぇええ？」

小さな身体からは想像もつかない凄《すさ》まじい力で、悪魔は犬塚に抱きつきながら耳元で囁いた。

耳が熔けるように熱い。

それに反して、肛門《こうもん》から咽頭まで氷柱《つらら》で貫かれたような寒気がする。

「ほぉ……素晴らしい傷だ……!!　可哀想《かわいそう》に……母親に酷いことをされたのだね？　ふぅぅむ……今も悪夢を？　どれ……私が覗いてやろう……」

「誰がてめえの好きにさせるかよ……壱の塚……」

真白の閉じた瞼の向こう側で、犬塚の抵抗する音が響いたが、悪魔は文字通り犬塚の抵抗をへし折ってしまう。

鈍い音が響くと同時に、犬塚の悲鳴があがった。

「ぐぅぅぅうぅっ……!?」

「一本……」

「あああああああ……!!」

「二本……」

「くそがぁぁあああ……!!」

「三本んん……」

両腕と右足の骨を折られた犬塚が、どさ……と地に崩れ落ちる音がした。

「犬塚さん……!!」

悪魔は犬塚の頭を撫でながら人差し指を立てて、叫ぶ真白にシィぃぃぃ……と黙るように促した。

悪魔の指先はコルク抜きのようにネジ曲がった爪が生えており、それがうねうねと脈打っている。

「暴力の記憶は側頭葉に刻まれる……! まずはそこから始めようねぇ?」

犬塚のこめかみに悪魔の爪が侵入した。寄生虫のようにのたうち廻転《かいてん》しながら、爪が側頭葉を舐め回す。

「ああああああ……!! やめろ……!! やべてて……!!」

「ああ……君はなんて酷《むご》たらしい目に……素晴らしいよぉ? もっと見せておくれ? 次は底知れない罪悪感が眠る大脳皮質を愛撫《あいぶ》してあげようねぇ?」

悪魔は犬塚の頭を鷲摑みにするとじゅるじゅると音を立てて指を伸ばしていった。それに伴い犬塚の皮下をうぞうぞと何かが這いずり回る。

「もうやめて……!! やめろぉおおお……!!」

力の反動で叫ぶことしか出来ない真白に目をやると悪魔は意地の悪い黒い光を両目に浮かべてほくそ笑んだ。

「我が名は מקוה《ミクヴァ》 消えること無き傷を司《つかさど》る悪魔……！　この男は素晴らしい傷を抱えている……もっと見せてみろ？」

そう言って悪魔は犬塚の頭に挿し込んだ指をくりゅくりゅと掻き混ぜながら囁いた。

「ほうら……坊やお食べ……？　晩ごはんですよ？」

ニタニタと嗤いながら悪魔はなおも犬塚の脳みそを掻き回し続ける。

犬塚は涙と涎を垂れ流しながらひっく……ひっく……と嗚咽を漏らして懺悔した。

「ごべんなさい……ごめんなさい……殺さないと……神父さん……殺さないと……お母さん……僕を助けて……死なせてぇぇぇぇぇ……！」

ぎょろぎょろと左右の目を別々の方向に動かしながら犬塚がうわ言を繰り返す。

身体の自由が戻った真白は目を開け、その光景に戦慄した。

「わたしの部下を放しなさい……!!」

刀を構えた真白が震える声でそう言うと、悪魔は優しい笑みを浮かべて囁いた。

「殺しはしない……彼は今、夢の中にいるんだよぉ？」

†

少年は地獄の中にいた。

夜な夜な響き渡る嬌声と、腐乱した精液の臭いを覆い隠す芳香剤。

罵声とともに振るわれる理不尽な折檻は、容赦なく少年の背中を焦がし、血の味と胃酸の味を噛み締めながら、少年はゴミ袋の脇で眠りにつく。

目が覚めると、決まって母は白い光の中で、肌が透けるような布を纏って微睡んでいる。

少年の縋るような視線に気づいて目を覚ましても、妖しい微笑を投げかけ、声を出さずに何かを囁くだけだった。

じゅく……じゅく……

近頃は右の側頭葉の中で何かが這いずる音まで聞こえてくる。

案内人のウェルギリウスもいなければ、天界へと少年を導くベアトリーチェもここにはいない。

ひたすらに交尾を繰り返し、ゴミ溜めで、ぬめるシンクで、増殖する蠅と蛆だけが、不快な音を立てながら少年を何処かへと駆り立てた。

じゅく……ぐじゅる……

また何かが頭の中を這いずった。

憎い……

誰かが耳元で囁く声がする。

誰が？

痛む身体に気を遣いながら、少年は部屋を見渡すがそこには誰もいない。

カーテンを透過して差し込む昼下がりの白い光に目が眩み、酷い頭痛がした。

「憎い……」

少年は部屋に誰もいないことを確認すると、何かを確かめるように、言葉の意味を咀嚼するように、その言葉を口に出してみた。

「誰が？」

今度ははっきりと耳元で声がした。

少年がびくりと身体を震わせ振り向くも、そこには誰もいなかった。

ばくばくと心臓が音を立て、それに合わせて側頭葉が激しく痛む。

床にうずくまって痛みに耐えていると、散乱するゴミの中に落ちたビスケットの袋に目が留まった。

袋はブルブルと小刻みに震えたかと思うと、中から黒い蝿が飛び出していく。

『チョコサンド』

そう書かれた袋の文字を、少年は読むことが出来ない。

しかしその文字には見覚えがあった。

『サンドイッチ』

あの夜ファミレスで見たメニューにはたしかにそう書いてあった。

サンドウィッチ……

その言葉と同時に、少年は神父の優しい笑顔を思い出す。

気がつくと身体が震えていた。

誰に聞かれることもない嗚咽を漏らしながら、少年はポロポロと涙を流し、床の上に寝そべったまま自身の身体をきつく抱きしめた。

あれから少年の姿は見えない。

家を聞いておくべきだったと後悔しながら、神父は炊き出しの配給に追われていた。

聖日の度に開催する炊き出しを頼りにしている者は多い。

炊き出しの時にだけふらりとやって来て礼拝には参加しない者も多かったが、神父はそれで構わないと思っていた。

崇高な信仰よりも、日用の糧を必要とする人は多い。きっとその方が多い。

そんな彼らを置き去りにする教会の在り方に疑問を持ち、神父は東方聖教会の枢機卿《すうききょう》の立場を蹴ってここにいる。

暗い顔で炊き出しを受け取り去っていく困窮者達の背中を見送る間も、神父は視界の端に少年の影を探していた。

「神父様……」

突如背後からかけられた声で神父はハッと我に返った。

振り返ると修道女《シスター》が心配そうにこちらを覗いている。

「どうかなさいましたか？」

神父がにっこりと微笑んで言うと、修道女はおずおずと口を開いて言った。

「神父様はお気づきになりませんでしたか？　炊き出しに来ていた人達の中に……」

その時神父の視界の端、曲がりくねった檸檬の木陰で、小さな影が揺れるのが見えた。

神父はそれが少年だと直感すると、修道女の言葉を遮り駆け出していく。

何事かと思い修道女が慌てて後を追うと、そこには衰弱した少年を抱きかかえる神父の姿があった。

俯く神父の顔は影で見えなかったが、その肩は小さく震えている。

「すぐに手当の準備を……それとおかゆを作って上げてください……」

ただならぬ雰囲気に、修道女はコクコクと頷くと、大急ぎで会堂の方へと走っていった。

「なんて非道《ひど》いことを……よくここまで来てくれました。もう心配ありませんからね？」

少年が小さく頷いたその時、会堂の中から鋭い悲鳴が聞こえた。

酷く嫌な予感がした。

神父は険しい顔で立ち上がると、少年を檸檬の幹にもたせ掛け、まっすぐに目を見て言った。

「いいですか？　すぐに戻ってきます。君はここを動いてはいけません。わかりましたね？」

再び小さく頷いた少年を抱きしめると、神父は会堂の方へと駆け出した。

会堂に滑り込むと神父の目に暗闇が飛び込んでくる。明るい初夏の太陽に慣れた目は薄闇を漆黒の闇へと変えてしまった。

神父は目を細めて目が闇に慣れるのを待ちつつ、忍び足で会堂の奥へと進んでいく。

薄暗がりの中に長椅子が整然と並んでいる。

小さな天窓から伸びる陽光が空を舞う埃にぶつかり、一筋の光線となって奥に佇む十字架へと降り注ぐ。

そのすぐ脇、礼拝準備室へと続く木戸のあたりで何かが動いた。

神父はそれを確認するなり直ぐさまそちらに向かって全速力で駆け出した。

長椅子を飛び越え、一直線に木戸に向かうと、何者かが修道女を羽交い締めにして奥へと進んでいくのが見える。

「待ちなさい……!!」

神父は腹の底に響き渡るような低い声を出した。

暗がりに響くその声には、神の使徒が持つ荘《おごそ》かな威厳が宿っている。

男は逃げ切れないと判断したのか影に顔を浸したまま、修道女を盾にして言った。

「来るな……来たら女を殺す……」

神父は平然と歩み出ると穏やかな声で修道女に言った。

「大丈夫ですよ。すぐに助けます」

修道女は涙を流しながらコクコクと頷いた。

「おい……!!　聞いてんのか!?」

「あなたは誰ですか？　ここに何の用です？」

「うるせえ……!!　来るなって言ってんだよ……!!」

男の手に鈍い光が閃《ひらめ》いた。

慣れた手つきで開いたバタフライナイフを修道女の喉に当てて尚《なお》も男は叫ぶ。

「こいつが死んだらてめえのせいだからな……!?」

「いいえ。その女性《ひと》は死にません」

コツ……コツ……とブーツを響かせゆっくりと近づいてくる神父に、男はナイフを向けて再び叫んだ。

「舐めてるとマジでぶっ殺すぞ!?」

その言葉と同時に、橙色の閃光《せんこう》が瞬き男の手からナイフが吹き飛ばされる。

「こっちの台詞だ糞餓鬼……次はてめえのドタマ吹っ飛ばすぞ……？」

青銅色のリボルバーを構えた神父を見て、男は足をもつれさせながら一目散に逃げ出した。

神父は銃を司祭礼服《キャソック》の奥深くに仕舞うと、修道女に駆け寄り抱き起こす。

「怪我《けが》はありませんか？」

「ほ、本当に、あの神父様ですか……？」

尚も怯えた表情を見せる修道女に神父は困ったような顔で微笑みながら言った。

「すみません。つい腹が立って汚い言葉を使ってしまいました。もう心配ありませんよ」

そう言いながら修道女を椅子に座らせた時、ふと神父の脳裏に悪い予感が浮かんだ。

それはまるで西の空に浮んだ夕立を運ぶ暗雲のように、雷鳴を伴って確信へと姿を変える。


神父が会堂の暗がりに吸い込まれるのを見送るのとほとんど同時に、錆びた鉄のアーチの下、半開きになった門の辺りに何かが動く気配がした。

少年はそちらを見たくなかった。

それでも見ないわけにはいかなかった。

身体の奥底から湧き上がる震えと、狂ったような心音を抑えつけ、少年は顎を門の方に向ける。

レンガを白くペンキで塗った門柱の陰に、半分身を隠すようにして母が立っていた。

笑って手招きする母を見て少年は神父の言葉を思い出す。

「いいですか？　すぐに戻ってきます。君はここを動いてはいけません。わかりましたね？」

行けばもう戻れないような予感がした。

同時にとどまってもまた、元の形には戻れない。

そんな予感があった。

客観的に見れば迷う必要など何一つ無い選択でも、少年にとっては恐ろしい。

光の扉の向こうに広がる当然受けられる庇護《ひご》の存在を少年は知る由もなかった。

なによりも、自分が神父のもとに残れば母はどうなるのか……？

愛着という名の鎖が、少年の首を締め付ける。

身じろぎ一つ出来ず、呼吸もままならなくなった少年を、いつの間にか側《そば》に立っていた母が優しく抱きしめた。

「ごめんね？　お腹すいたんだんよね？」

少年は小さく頷いた。

果たして本当にそうだったのだろうか……？

頭の中に張り巡らされた埃っぽい蜘蛛の巣が、音もなく少年の思考を絡め取ってしまう。

母は少年を抱き上げて頬を寄せた。

「帰ろっか？　ご飯作ってあげる」

少年はわずかに会堂の方を振り向こうとした。

しかし会堂に振り向くより先に、母が乾いた咳をする。

ケホ……

見ると母の口元から血が流れていた。

母は無表情でそれを拭うと、少年を地面に降ろして手を差し出し言う。

「早く行こ。ここは空気が悪いよ」

母の手には拭った血の跡が残っていた。しかし少年は躊躇いなく、その手に自分の小さな手を重ねる。

母はそれを確認すると、繋いだ手をブンブンと振りながら門の方へと駆け出した。

脇をくすぐりながら走る母に、少年は照れくさいような、泣き出したいような気持ちになって頭の中が掻き乱される。

ちょうど門を通り過ぎた辺りで、母はくすぐる手を止めて立ち止まった。

ケホ……ケホ……

再び口元から垂れ下がった血痰《けったん》を、母は手の平で受け止める。

しばらくそれを眺めていたかと思うと、おもむろに白い門柱に塗りつけた。

掠《かす》れて剝げかかった白いペンキの上に、どろり……と血の跡が手形を残す。

長く伸びた指の跡が、まるで魔女の爪のようで、少年は落ち着かない気持ちになった。

見上げると、母は聞いたことのない異国の言葉で何かを呟いている。

その声は酷く気味が悪く、邪悪で、穢れた音をしていた。

母は少年の手を引きコンビニへと向かった。

「何を買うのか？」と少年が問いかけても微笑むだけで答えはない。

乱暴に買い物かごに商品を放り込み会計を済ませると、母は再び少年の手を引き襤褸《ぼろ》アパートへと歩き出す。

錆びた階段がガランガランと不吉な音を立てて少年を出迎えた。

隣の部屋のドアに備え付けられた郵便受けには、無理矢理ねじ込まれたチラシが溢れかえり、玄関灯に張り巡らされた蜘蛛の巣には蛾の死体がぶら下がっている。

隣人はもういない。

その肉体は骨すらもこの世に残っていない。

では魂はどうだろう？

死んだら何処に逝くのだろう？

ぶら下がった蛾の遺骸のように宙吊りにされたまま、何処にも逝くことはないのかもしれない。

もしそうなら、この世界の何処にも、救いは無いように思えた。

「すぐに作るね」

母はそう言うと机の上のゴミを床に落とし、買ってきたサンドイッチ用のパンにマーガリンを塗った。

ツナ缶を開け中にマヨネーズをしぼると、スプーンでぐちゃぐちゃとかき混ぜる。

時折缶にスプーンが当たり、カチカチと音を立てた。

咀嚼音のような混ぜる音と、歯噛みするような金属音が汚い部屋に響き渡る。

サラダ用のレタスが入った袋を開けパンに載せると、母はマヨネーズ和《あ》えにしたツナ缶の中身をレタスに載せてもう一枚のパンで閉じた。

「じゃーん！　ツナサンド！　サンドイッチ好きなんでしょ？」

そう言って手渡されたサンドイッチを黙って見つめていると神父のことが頭に浮かんだ。

あの人はどうしているだろうか……

約束を破った自分に怒っているかもしれない……

そんなことを考えていると、このサンドイッチを食べてはいけない気がして、少年は口をつけられずにただただサンドイッチを睨んでいた。

「けんごくん……ごめんね……」

思いがけない言葉が聞こえて少年は目を上げる。

するとそこには萎《しお》れたように元気のない母がいた。

「あいつ、嫌いだよね……？　けんごくんのこと殴るしさ……」

少年はどう答えていいか分からず再び俯いた。

すると母は少年の足元にしゃがみ込み、覗き込むように顔を見上げてなおも尋ねる。

「けんごくんはどうしたい？　もうあいつに居なくなってほしい？　それで教会に行ってたんだよね？」

その言葉で、少年の小さな心臓がどくん……と強く脈打った。

居なくなってほしい……

助けてもらおうと思って教会に行った……

そのどちらも嘘では無い気がして、少年は小さく頷いた。

「もう神父さんには話したの？」

母が深刻そうな顔で尋ねたので、少年は正直に首を横に振った。

するとその時、玄関の方で音がする。

帰ってきた……

そう思うと身体が強張る。

母はそんな少年に、にっこりと微笑むと一度だけ抱きしめて玄関へと向かった。

「おい!!　どうなってんだよ!?　あの神父……銃持ってやがったぞ……!!」

ドアを開けるなり、男は怒鳴り散らしながら手当たり次第に家の中の物を蹴った。

母は男の尋常ではない様子を見ると、少年の方に振り返り、にやりと妖しく笑ってみせた。

「こいつ、あんたのことチクる気だったらしいよ？　でもアタシが迎えに行ったから、まだチクってないって」

男の狂気に濁った目が少年を睨みつけた。

「上等だよ……お前。マジで上等だよ……やってくれたなあ……!?　食わせてやってんのによお!?」

男は少年の髪を摑むと風呂場へと引きずっていく。

男の放つただならぬ気配に、少年の本能が警告を発する。

「助けて……!!　母さん……!!　助けて……!!」

無我夢中で叫ぶ少年に向かって、母は黙って微笑み手を振っている。

少年はそんな母の姿に絶望しながらとうとう風呂場へと連れてこられた。

湯船に溜まった昨夜の残り湯には蠅の屍骸《しがい》が浮かんでいる。

薄《う》っすらと濁りを孕んだぬめる冷水に、男は少年の頭を押し込み身体を押さえ込んだ。

息が出来ない。少年の悲鳴はあぶくとなって上へ上へと昇っていく。

顔を覆う冷たい水の感触とは裏腹に、背中には焼けるような痛みが走った。

息を吐き出さないように必死に口を閉じるも、背中を襲う痛みのせいで意思とは裏腹に悲鳴があがる。

意識が遠のき視界が狭くなると、少年の顔は水から引きずり出された。

「ねえ？　死んじゃうよ？」

風呂場の入口にもたれ掛かった母が他人事《ひとごと》のような声で言う。

「うるせえ……!!　こっちこそ殺されるところだったんだぞ？　大体お前が神父を引き止めてる間に金を盗む計画だったろうが!?　何で神父が来《く》んだよ!?　ああ!?」

男は再び少年の頭を水に押し込みながら叫んだ。

「しょうがないじゃん。気分が悪くなっちゃったんだから」

髪をいじりながら気怠そうに言う母の姿に男は舌打ちすると再び少年の背中に熱湯を注いだ。

ゴボゴボと少年の吐き出す空気の音が響く。

ねえ？　死んじゃうよ……？

薄れゆく意識と苦痛の狭間で母の声が聞こえた。

死んだら僕はきっと地獄に堕ちる……

捕まってしまう……

そう思うと、先程まで感じていた恐ろしさとは異質な、骨の髄を震わせるような恐ろしさが込み上げてきた。

それと時を同じくして身体が激しく痙攣する。

少年は両手をばたつかせて必死に抵抗したが、頭の中で何かがぶつんと音を立てて千切れる音がして世界が暗黒に覆われた。

先程までの痛みを感じない。

冷たくもない。

何も感じない。

見えないはずの目を開くと、闇の奥には冥《くら》き御座《みざ》が聳えている。

なぜそのように思ったのかは分からない。

しかしそれは冥き御座で、そこには冥き王の姿があった。

姿の見えない冥き王の、見えざる唇が動くのを感じる。

すると聞こえない声が耳に侵入し、覚えることの出来ない記憶が植え付けられた。

冥き王は満足げに見えない口角を上げて、聞こえない声で小さく笑う。

にゅる……

その時、何も感じることのないはずの唇に、生温かくぬめる何かが覆いかぶさった。

それは口内を蹂躙しながら奥へ奥へと伸びていく。

やがて咽頭にまで達したその時、激しい異物感に身体が反応した。

腹筋が激しく収縮し、食道が異物を押し返そうと逆流する。

「げぼぉお……ごほっ……げほぉおおお……!?」

少年は大量の水を吐き出し意識を取り戻した。

倒れた少年の隣には床に座り込む母の姿があった。

目だけ動かして辺りを確認すると男の姿は見当たらない。

少年が力なく母を見上げると、母は自らの唇を舐め妖艶な笑みを浮かべ、ひそひそと少年に囁くのだった。

「このままじゃ殺されちゃうよ？　けんごくんはどうしたい？」

「じに……たく……ない……」

「じゃあ殺さないでってお願いしてみる?」

少年は力なく首を振った。

「じゃあどうするの……?」

「あいつを……」

何処からともなく湧き出た黒い液体が少年の脳細胞の隙間を埋め尽くした。

バスタブに満ちる血液、くさい内臓の臭い、人間の脂でぬめる糸鋸《いとのこ》、残酷な映像が少年の脳内を駆け巡る。

「あいつを……殺す……」

それを聞いた母はそっと少年の手に果物ナイフを握らせた。

何も言わずに風呂場を出ていく母の顔は少年からは見えない。

笑いを噛み殺す邪悪な顔は、少年からは見えない。


その夜は満月だった。

いつにも増してベッドは激しく軋み、鳴り止む気配はない。

ぬっとん……ぬっとん……と、汗と愛液が滴る肉の、ぶつかり合う音がする。

青白い月明かりに照らされた母は、白く長い手足を男に絡め、貪るように唇を重ねている。

「もっと激しく……激しくして……!!　奥まで来て……!!」

その言葉で男は母の首に手を当てると、ゆっくりと締め付けた。

紅潮した母の口元から、ねっとりとした粘液のような涎が垂れ下がる。

男が手を離すと、母は激しく呼吸を再開し、再び男にしがみついて嬌声を上げた。

体液にまみれ、ぬめる二匹の獣の狂宴を、少年は息を殺して見つめている。

今度は四つん這いになった母に、男が腰を打ち付けるたび、ぬっとん……ぬっとん……と肉を打つ湿った音が部屋に木霊した。

じくじくとした得体の知れない疼《うず》きにも似たナニカ……

それは少年の下腹に溜まり、呼吸する度に膨らんでいく。

それが何であるかのを少年は知らない。

酷く淫靡で穢らわしく、悍ましい。

そのくせ目を離すことが出来ない魔力を秘めたまぐわいを見つめる少年の手には、硬質な殺意がきつく握られていた。

やがて母の喘《あえ》ぎ声《ごえ》が途絶えると、男はその隣にごろりと横たわる。

闇の中にライターの火が揺れ、赤い点だけがぽつんと取り残された。

漂ってくるタバコの臭いを嗅ぎながら、少年は息を潜めてじっとしている。

「ねえ?　これからどうする?」

母の囁く声が聞こえた。

「決まってんだろ……ガキをバラしてずらかる……あの神父にガキがチクる前に……」

「もう！　聞こえちゃうよ？」

「どうせ意味なんてわかんねえよ」

「どうだろうね……」

そう言った母がこちらを見て笑ったような気がした。

しかし男は気にも留めずタバコを吹かしている。

やっぱりこのままじゃ殺される……

窓の外から差し込む月光がタバコのけむりに実体を与えていた。

霊の揺らめきにも似た、幽体じみた青白い影。

あの息の根を止めなければ……

いつの間にか引き返すための扉は閉ざされていた。

細い道は闇に飲まれ、振り向けば奈落がぽっかりと口を開けて少年が転がり落ちるのを待っている。

ゴミに埋もれて何処にあるかもわからない時計の秒針が鳴る音以外、聞こえる音は何も無い。

チクタク……チクタク……

チクタクチクタクチクタクチクタクチクタクチクタクチクタクチクタクチクタク

チクタクチクタクチクタクチクタクチクタクチクタクチクタクチクタク
チクタクチクタクチクタクチクタクチクタクチクタクチクタクチクタク
実際には十数分にも満たない時間だったが、少年にとっては永遠のように感じる時が過ぎ、男の寝息が響き始めた。

真っ暗な黄泉《よみ》の淵《ふち》から
ひゅう……こぉぉぉ……

　ひゅう……こぉぉぉ……と
悪魔の息遣いが聞こえてくる。

青褪めた月明かりは粛々と幼き執行人を照らし出す。

痩《や》せ痩《こ》けて、乾涸《ひから》びた骸《むくろ》のように成り果てた小さな手には、安っぽい木鞘の果物ナイフが固く握られている。

それはまるで巡礼者が握りしめる小さな十字架《ロザリオ》のようでもあり、救いを求めてやまない。

「主よ主よ。どうして私をお見捨てになったのですか？」

どこかで誰かが叫んだ。

その声は形容し難い苦悶に満ちており、少年は思わず耳を塞ぎたくなる。

視線を上げると窓の格子が青白い月を背後に背負い十字の形に浮かび上がっていた。

「救いはその手の中にある」

誰かが囁く声がした。

思わず少年は自身の手を見つめる。

そこには鞘に入ったままの果物ナイフが静かに眠っていた。

「おやめなさい……!!　罪人は地獄の消えること無き炎で永遠にその身を焼かれるのです」

聞き覚えのある声がした。

少年は思わず息を呑む。

ゆっくりと、縋るように振り向いた先には、底無しの闇が広がっていた。

磨硝子《すりガラス》の引き戸の向こう、一際暗い闇の奥に神父が立っている。

裁きを行う御使《みつか》いの如き怒りを携え、厳格な表情を浮かべた神父の顔は、何故か影に隠れて見ることが出来ない。

顔から下を月明かりの中に浮かび上がらせた神父は、掠れた声で尚も続ける。

「屠《ほふ》られた仔羊《こひつじ》のように、あるべき運命を受け入れなさい。その手と足に釘を打ち、息絶えるまで苦悶に顔を歪めながら、この世を呪い、生を呪い、己の罪を悔いるのです」

見るとその手には重たい金槌《かなづち》と、太い釘が握られていた。

「嫌だ……そんなの嫌だ……」

少年が消え入るように呟くと、天井の方から再び声がした。

「救いはその手の中にある」

咄嗟に見上げた少年は思わず尻もちをついた。

天井の中心に顔が浮かび上がっている。

まるで柔らかな石膏に背後から顔を押し当てたような、生と死の狭間の顔がそこにはいた。

カチカチカチカチ……

カチカチカチカチ……

異様に早い秒針の音が聞こえる。

カチカチカチカチ……

カチカチカチカチ……

気が狂いそうになりながら少年が見上げた先では、母が笑みを浮かべながら男の耳に何かを囁やこうとして、手のひらをそっと男の耳に近づけていた。

「屠られた仔羊のように罰を受けなさい」

嫌だ……

「救いはその手の中にある」

助けて……

「永遠の地獄で焼かれ苦しみ続けなさい」

死にたくない……

「救いはその手の中にある」

殺し……

「気が済むまでこれ続けるから」

背中の火傷が酷く痛んだ。

「ベルト。わかるな？　わかったらさっさとシャツ脱ぐんだよ!!」

何度も打ち下ろされるベルトに背中の皮膚が皺々になり、やがてめくれ上がって赤い部分が剝き出しになる。

堪《こら》えきれずに悲鳴をあげた。

「なんだ？　女みてえな声出しやがって!?」

男は嬉しそうに叫んで罵った。

やめて……やめて……

「ガキをバラしてずらかる」

最後に聞いた男の言葉が蘇り、少年の頭蓋の奥で何かが弾けた。

コロサレル……

少年は鞘を投げ捨てると果物ナイフを両手で握り、悲鳴をあげて駆け出した。

背後では神父の黒い影が呪いの言葉を繰り返し祈っている。

天井の顔は高らかに賛美歌を口ずさむ。

地面を激しく踏み鳴らす馬の蹄《ひづめ》と、異端者を葬る聖職者達の怒号が響き渡る。

ナイフに月明かりが反射した。

少年はいつしか雄叫《おたけ》びをあげている。

男の腹に飛び乗ると、男は苦悶の声をあげた。

男の太い腕が迫ってくる。

男は血走った目で何かを叫んでいる。

聞こえない。

呪いの声と賛美の歌と戦場の騒乱と出したことのないような大きな声。

それ以外何も聞こえない。

少年は夢中でナイフを突き刺した。

ぬっとんぬっとんと腰を打ち付ける音がする。

生温かい体液の音がそれに混じる。

狂乱の声。

異端者の悲鳴。

魔女たちの嬌声。

響き渡る喝采。

「死ね」

夢中で刺し続けた。

ぬっとん……ぬっとん
ぬっとん……ぬっとん……ぬっとん……

ぬっとん……ぬっとん……ぬっとん……ぬっとん……！

「お前なんて死んでしまえぇぇぇぇぇぇぇぇぇぇぇぇぇ……!!」

そう叫んだ時、少年を柔らかな手が抱きとめた。

それでも何かに憑かれたように少年の手は刺すことをやめない。

頭を撫でられながら、やがて少年の手から、ぬるり……とナイフが抜け落ちる。

男の真っ赤に抉れた胸にナイフは突き刺さったまま、ぬるり……と少年の手から離れ去る。

「あーあ。殺しちゃったね」

その言葉で少年は我に返る。

血の臭いに吐き気がした。

見開かれた男の眼と、だらりと垂れ下がった分厚い舌を見た時、少年は何も吐くものが無い胃を激しく痙攣させて、緑の胆汁を吐き散らかす。

僕は……ころ……

ガクガクと震える手は、べっとりと黒い血で汚れている。

青褪めた月明かりに照らされた、黒い血糊にまみれている。

「僕は……僕は……殺されたくなくて……地獄に落ちたくないから、だから……!!」

叫ぶ少年を制して、母は静かに笑って言った。

「ママを守るために殺してくれたんだよね……？」

その言葉で、その夜初めて、自分の心臓が動いた気がした。

目を細めて微笑む母の顔を見ながら、少年はその毒を飲み下し、小さく、微かに頷くのだった。

✝

「素晴らしいぃぃぃぃい……!!　これほどの絶望……!!　これほどの背徳……!!　淫靡で凄惨で……なんと美しい……!!　そのうえまだまだ底知れない……!!」

悪魔は歓喜の悲鳴を上げた。犬塚から指を抜き、ねっとりと光る髄液を愛おしそうに音を立ててしゃぶる。

真白は床に崩れ落ちた犬塚に目をやった。その胸は僅かに上下している。息を、鼓動を、命を諦めてはいない。

応援が来れば……司祭の祈りで悪魔を祓える……

もはやそれしか生き残る術《すべ》は残されていない。

真白は刀を握りしめ悪魔に向かって詰め寄った。

脱力から渾身の力で抜き放つ横薙ぎ。今の真白に出来る最も殺傷能力の高い攻撃。

しかし悪魔はそんな真白を嘲笑うかのように避ける素振りも見せずに刃をすんなりと受け入れた。

悪魔の身体を刃が通過する。ぶくぶくと何かが沸き立つ音がする。

振り抜いた刀身を見て真白は戦慄した。そこにはあるはずの切っ先が悪魔の血で溶け去り失《な》くなっていた。

悪魔はそんな真白をちらりと一瞥する。真白はなんとか時間を稼ごうと虎馬を開放し、悪魔の身体を硬直させた。

「ああ……お前の虎馬だったね……矮小《わいしょう》すぎて失念していたよ……」

真白は蛇のような紅い目で、悪魔を睨みつけ気力を奮い立たせて叫び声を上げた。

「応援を要請しました……!!　このまま司祭が来るまであなたを拘束します……!!」

「司祭……司祭ね……」

悪魔はくくくと喉を鳴らして嗤うと、心臓が止まりそうな目で真白を見据えて呟いた。

「お前は自分が何に仕えているか理解《わか》っているのか?」

悪魔の言葉に真白は表情を険しくする。

応援が到着する前に蛇の目を破られれば、おそらく自分と犬塚の命はないだろう。

動揺を誘ってこちらの術を解く策略かもしれない。

真白はそう考え口を固くつぐんだ。

「コレを破られることを案じているのか？　お前が真に案じるべきはそんな些末《さまつ》なことではないはずだが？　他に聞いている者はいない。少し話をしようではないか？」

真白は悪魔を睨みつけたままなおも黙っていた。

すると悪魔は目を閉じ何かを味わうように舌を動かし始めた。

ねろねろと悍ましい動きをする舌に、真白の嫌悪が高まっていく。

その動きは甚だ神経に触れるような不快なものだった。

やがてそれは自分の体内を何かが這い回るような錯覚に姿を変えていく。

それと同時に鈍い痛みが瞳をジリジリと焦がし始めた。

「くくく……親友の……そうかそうか、エリカというのか……お前はただ黙ってそれを眺めていたわけだ……くくく……それで蛇《へび》の目を……」

「なぜそれを……？」

悪魔の呟きに思わず真白は口を開いた。

悪魔は意地悪に片目を開いて答える。

「少しは話をする気になったかな？」

「黙りなさい……!!」

そう叫んだ真白は切っ先を失った刀の柄を握りしめ悪魔に向ける。

しかし悪魔は動揺する素振りを見せず、相変わらずニタニタと笑みを浮かべている。

「あいにくこちらは口と目くらいしか動かせるものがないのでね。君が私を切るとしても、抵抗の一つもできやしない。どうだね？　試しにもう一度切ってみるか？」

真白はぎりぎりと歯を食いしばり、刀を握ることしか出来なかった。

自分の刃では悪魔を祓うことは出来ない……

そのことを理解《わか》って悪魔が挑発しているのは目に見えていた。

……現状維持が最適解……

……ここは奴の話を聞いて少しでも気を逸らす……

両目の痛みは酷くなり、視神経を伝って脳にまで熱を伝え始める。

ズキズキと頭が痛み、気を抜くと視界がぼやけそうになる。

真白はそれを悟られぬよう慎重に口を開いた。

「なぜエリカの名前を……？」

悪魔は口を大きく歪めて満足そうに笑みを浮かべる。

「お前の虎馬を通じて、過去の傷が流れ込んでくるのだよ……まるで手に取るように」

「なるほど……癒えない傷を司る悪魔でしたね……」

「そうとも……だが重要なのはそこではない。私は君が知らない真実を知っている。そこが重要だ……知りたくはないかね？　なぜエリカが死なねばならなかったのかを……？」

真白の心臓にどくん……と、熱いモノが流れた。

その拍動がそのまま脳の血管にまで響き渡り、真白の頭の中でどくんどくんとのたうち回る。

限界が近い……

目を見開いたまま固まる真白に、悪魔は甘い毒をちらつかせた。

「君の目は全てを疑う聡《さと》い目だ……それは素晴らしい目だよ？　与えられたものを盲信する馬鹿どもとは一線を画する目だ。なぜそれを虎馬憑きなどと揶揄されねばならない？　誰が君を卑しい身分に堕としたんだ？　ん？」

「それは……」

「否定しないね？　自分の目に誇りを持っている証拠だ。いやいや!!　勘違いしないでくれ、悪く言っているわけじゃない。私は君の目を高く評価しているだけだ。君の価値を引き下げているのは、教会だよ……!!　あれは欺瞞《ぎまん》に満ち満ちている。信用するな……!!　心を許すな……!!　常に疑え……!!」

それを聞いた真白は再び気力を振り絞って険しい表情に戻ると悪魔をさらにきつく睨みつける。

しかし態度とは裏腹に、真白の中では激しく心が掻き乱され、得体の知れない動悸《どうき》が高まっていく。

耳鳴りが聞こえ始め、世界がカタカタと微細な振動を始めた。

まずい……もう……時間が……

それでも真白は平静を装い、静かに悪魔に言った。

「やはりあなたとの会話は無価値でしたね……そんな言葉を鵜呑《うの》みにするとでも？」

「くく……蛇の目を持つ女よ……大事な話がまだだったね？　君の親友エリカがなぜ死なねばならなかったか……？」

「もうあなたの話は沢山です……!!」

動悸が激しくなり、声が荒くなる。

頭が割れそうに痛み、激しく熱を持つ。

真白の片方の瞼は今にも閉じられそうに弱々しく震えていた。

悪魔はそれを見て目を細めると、満面の笑みを浮かべて続きを口にした。

「教会がエリカを殺したんだ。保身と隠蔽が彼らの本質だ……!!」

真白の片目が閉ざされた。もう片方も長くは保たないだろう。

その時、ヘリのプロペラの鳴らす轟音《ごうおん》が響き、窓ガラスを破って何かが投げ込まれた。

「ああ……時間切れのようだね。サヨウナラ。蛇の目を持つ女よ。また会えるのを楽しみにしているよ……」

悪魔の頭が巨大に膨らんだ。

すると悪魔の眼球がぶちぶちと音を立てて悪魔の身体から飛び出していく。

目玉はずるりと神経を根刮《ねこそ》ぎにして飛び出すと、蛇のように這って闇の奥へと消えていった。

✝

耳鳴りが酷い。

頭が割れそうに痛む。

サイレンの音が住宅街に反響し、赤い光の明滅が視界に映り込むと、その刺激に触発されたのか強烈な吐き気がせり上がってきた。

……ん、ごえええええ……

胃液の臭いが鼻に抜けて、さらに吐き気が助長される。

距離感の摑めない声が膨張と収縮を繰り返しながら何事かを囁いているかと思えば、険しい指示の声が罵声となって響き渡る。

「すぐに搬送しろ……!! 被害者の男性と児童、祓魔師《エクソシスト》二人の計四名だ……!!」

「周囲を閉鎖し最大レベルの警戒網を敷け……悪魔を発見しても壱級未満の人間は悪魔と接触させるな……!!」

ぼやけた視界の中に現れた影に向かって真白は口を開く。

「室……長……犬塚さんは……」

「賢吾くんは大丈夫だ。今は喋《しゃべ》らなくていい……！」

「悪魔が……顕現しました……なま、えは……み……み……み……」

名前を伝えようとした瞬間、真白の脳内が苺《いちご》シェイクのようにぐちゃぐちゃに掻き混ぜられる。

真っ赤なジャムと白いバニラがマーブルを描き、真紅の血と灰白色の脳がピンク色のババロアにか、か、か、変わりゅ。

言葉と思考がまとまらず、とうとう真白は白目を剝いて意識が身体から離れていく。

「言葉と思考に鍵が掛けられている……恐らくトリガーは悪魔の名だ……」

京極は真白を担架に乗せるとどこかに電話をかけた。

狂った感覚と歪んでぼやけた世界の中で、真白の耳に京極の会話が途切れ途切れに聞こえてくる。

「もしもし……部下が悪魔と接触しました。名前を伝えようとして意識を失いました。ええ……ええ……おそらくは……。はい。思考を聖別《カドシュ》する必要があります……そちらに？　わかりました……」

電話を終えた京極が数名に指示を出すと、犬塚は救急車に運ばれ、真白は窓にスモークの貼られた黒塗りの車へと運ばれていく。

車に乗せられる寸前、ほんの一瞬だけ犬塚の姿が真白の目に留まった。

四肢の殆どをへし折られ、トラウマを滅茶苦茶にかき回された満身創痍《まんしんそうい》のバディの姿。

……守れなかった……

その景色を最後に、真白は車へと乗せられ今度こそ意識を手放すのだった。

それを見送った京極がぽつりと呟く。

「やれやれ……困ったことになったね……まったく」

その言葉は荒れ果てて煤けた部屋の壁や天上に吸い込まれるようにして消えていった。

カーテンの隙間から差す残光のような青白い月の光が、無慈悲な優しさをもって舞台を照らし、ペルソナの惨劇は静かに幕を閉じるのだった。

終幕

真っ白な病室ナースの怒声が響き渡る。

連日に渡る悪ガキ達の見舞いのせいで、何冊のエロ本を処分する羽目になったかわからない。

「まったく……！　あいつら今度こそ出禁にしてやる……！」

個室の扉を開けながらナースがそう言うと、少年が困ったように笑いながら謝った。

「ごめんなさい。でも大事な友だちなんです。見舞いに来なくなったら暇になっちゃうから、出禁は勘弁してくれませんか……？」

上半身を起き上がらせた状態でベッドから動けない少年を見ながら、ナースは点滴を変え血圧を測りながら怒って言う。

「だったらアキラくんから言ってちょうだい！　ナースへのナンパとチカンは厳禁だって！」

「言っても聞かないと思うなあ……」

「だったらやっぱり出禁だから！」

アキラは奇跡的に一命を取り留めた。しかし代償は大きく下半身に重篤な後遺症が残ってしまった。

おそらく、二度と自分の足で立ち上がることはないだろう。

それにも拘らず、アキラの表情は明るかった。

窓の外に目をやると、蘇我達がナースをナンパしているのが見えた。

思わず苦笑いしていると、蘇我達もアキラに気づいたようで、馬鹿みたいに大きな声で叫んだ。

「おーい！　退院したらお前にもナースの姉ちゃん紹介してやるからなあああ！」

「バーカ！　僕が先にナースの彼女作ってるよ！」

負けじと言い返すアキラの頭をナースがバインダーで叩いて言う。

「馬鹿なこと言ってないで安静にしなさい！　それと、お見舞いの人が来てるわよ」

見ると、松葉杖《まつばづえ》を突いて両手にギブスを巻いた犬塚と、真白が並んで扉の前に立っていた。

「こんにちは。調子はどうかな？」

真白が言うとアキラは小さく頭を下げる。

「二人が助けてくれたおかげで、なんとかやってます」

「いや……一生物の傷を負わせちまった……もっと早くお前のＳＯＳに気づいてれば……こんなことにはならなかった……火事現場にいたのは見つけてくれって合図だったんだろ……？」

「はい……でも二人が来てくれなかったら、あのまま僕はあの人に一生に支配されてたから……父さんと母さんが死んだって聞いた時、僕、ホッとしたんです……」

誰も言葉を発しない病室に窓の外から夏の風が吹き込んできた。カーテンがそよいで、ひらひらと踊る。舞い踊るアキラの母が、その場に降り立ったように。

それを見た真白は、アキラの母が言った最後の言葉を思い出した。

アキラもまた、幼い日の記憶を思い出していた。

陽だまりのリビングに吹き込む初夏の風と、バレエを踊る母の姿。

くるくると回りながら自分に近づき、そっと手を取り陽だまりに連れ出した母の記憶。

その光景は雲で太陽が隠れると同時に、蠟燭を吹き消すようにして消えていった。

アキラは窓を閉めるように真白に頼むと、急に話題を変えるようにして口を開いた。

「僕はこれから、あいつらと生きていきます。蘇我と一緒にどっかの施設に入ります。足は動かないけど、誰かに支配されるよりはずっといい」

真白は喉元まで出かかった言葉を呑み込んで笑って頷いた。

「困ったことがあったらいつでも連絡してね？」

二人はそう伝えると、アキラの病室を後にした。

頑なに車椅子を拒み、難儀そうに折れた手足で歩く犬塚に真白が声をかける。

「先輩……アキラくんのお母さんは最後に〝アキラくんを守って〟と言いました。あれはアキラくんに自己を投影した自己愛だったんでしょうか？　それとも……やはりアキラくんを愛していたんでしょうか……？」

犬塚は前を向いたまま振り返らずに答えた。

「さあな……」

一瞬の沈黙があってから、再び犬塚が口を開く。

「だがどっちにしろ……あの女はアキラが生きることを願った。そしてアキラは生きてる」

通りすがりのナースが犬塚に車椅子を勧めたが、犬塚はそれを断って歩き出す。

松葉杖が床を突く音が、静かな廊下に響いた。

同じ頃、何処かで誰かの啜り泣く声が響いたが、その声はまだ、誰の耳にも届いていなかった。

神の目も届かぬ湿った闇の中で、それに気づいた悪魔が嗤った。

To be continued...

本書は、２０２３年から２０２４年にカクヨムで実施された「第9回カクヨムＷｅｂ小説コンテスト」で特別賞（ホラー部門）を受賞した『Ｃａｓｅ×祓魔師【ケースバイエクソシスト】』を加筆修正したものです。

咎《とが》喰《ば》み の祓魔師《エクソシスト》

2025年 4 月 2 日　初版発行

著者／深川《ふかがわ》我《が》無《む》

発行者／山下直久

発行／株式会社KADOKAWA
〒102-8177　東京都千代田区富士見2-13-3
電話 0570-002-301（ナビダイヤル）

印刷所／株式会社KADOKAWA

製本所／株式会社KADOKAWA

●お問い合わせ
https://www.kadokawa.co.jp/（「お問い合わせ」へお進みください）
※内容によっては、お答えできない場合があります。
※サポートは日本国内のみとさせていただきます。
※Japanese text only

定価はカバーに表示してあります。

ISBN 978-4-04-811454-7　C0093

◆◇◇